Stephanie Palm • *TYPisch ICH!* 12 Frauen, die sich trauen

Liebe Models, jetzt schlägt´s 13,

denn TYPisch ICH bekommt nach 13 Jahren einen Nachzügler: Einen Band mit Kurzgeschichten, der sich an die zwölf unterschiedlichen Frauentypen der TYPisch ICH-Typologie anlehnt. Herausgekommen sind zwölf spannende oder lustige Geschichten, verpackt in interessante Frauenthemen. Mit und über wunderbare, einzigartige Frauen, so wie Euch!

Ihr habt uns damals mit unglaublicher Begeisterung in Eurer knappen Freizeit unterstützt. Ihr habt immer fest an unsere Idee und an unser Team geglaubt.

Dafür sage ich noch einmal von Herzen DANKE!

Stephanie Palm

TYPisch ICH!

12 Frauen, die sich trauen

Bibliografische Information der Deutschen
Nationalbibliothek:
Die Deutsche Nationalbibliothek verzeichnet diese
Publikation in der Deutschen Nationalbibliografie;
detaillierte bibliografische Daten sind im Internet über
http://dnb.d-nb.de abrufbar.

Dieser Titel ist auch als E-Book erhältlich

Herstellung und Verlag:
BoD – Books on Demand, Norderstedt
Covergestaltung: Ursula Scholz
Illustrationen: Birgit Henrica Maria Steiner
Fotolayout: Alexandra Pohndorf

ISBN 978-3-7528-3542-7

Ein Wort vorab

Frauen sind das stärkere Geschlecht, das haben neueste Forschungsergebnisse gezeigt: Sie überleben Hungersnöte und Epidemien, sie verarbeiten Stress besser als Männer. Zudem sind sie multitasking-fähig, innerlich vielschichtig und emotional komplex. Und sie beschäftigen sich mit Themen, von denen die meisten Männer nicht mal träumen. Das wussten Sie schon?

Dann lassen Sie sich inspirieren und motivieren von zwölf Prachtnaturellen, die nur eines im Sinn haben: Sich (endlich) zu trauen und ihr Potential auszuschöpfen! So bewältigen sie in den Geschichten Krisen, handeln mit Köpfchen, hadern aber auch mit Kilos, Karriere oder Kindern.

Und ein bisschen etwas von jeder einzelnen steckt in uns allen!

Inhalt

31. Dezember

Es ist ja kein Geheimnis: Ich bin dick.

Mehr Sport. Mehr Obst. Mehr Figur. Das hatte ich mir für dieses Jahr fest vorgenommen, unlügbar aber hat sich unter dem Strich nichts verändert. Sicher, es gab ein paar halbherzige Versuche, gute Vorsätze, wie man sie eben Anfang Januar fasst und spätestens Ende Februar fallen lässt. Heute geht das Jahr zu Ende und ich versinke in meinem persönlichen Diät-Jahresrückblick. Kurz nach den Weihnachtsfeiertagen war ich auf der Waage: Es waren böse, böse Zahlen, die ich gelesen habe. Mama zischte genervt, ich soll aufhören zu spinnen. Meine Diätkarriere hängt ihr zum Hals heraus, mir übrigens auch. „Akzeptiere doch endlich, wie du gebaut bist und mache das Beste daraus!" Aber was ist das Beste? Wenn ich in den Spiegel schaue, dann denke ich automatisch: „Du musst abnehmen!" Am besten den Spiegel zuerst. Papa ist es egal, wie ich aussehe, Hauptsache, ich beende meine Ausbildung. Aber heute ist Silvester, ich gehe feiern mit meinen Freunden; und ab morgen ändert sich etwas, definitiv.

1. Januar

Ich sitze am Küchentisch und habe Magenknurren. In der letzten Nacht habe ich so schlecht geschlafen, wie schon lange nicht mehr. Und schlecht geträumt habe ich, kein gutes Zeichen für ein neues Jahr. Ich betrachte die tiefroten Blüten der Amaryllis auf der Fensterbank, sie sind wunderschön, prachtvoll, üppig. Frauen sollen nicht üppig sein, oder nur am Busen oder am Po. Ich war übrigens schon kurz nach Mitternacht wieder zuhause, die Party war öde. Wenn ich ehrlich bin, sie war grauenhaft. Niemand hat sich um mich gekümmert, niemand hat mit mir getanzt. Ich stand ziemlich einsam herum, fühlte mich gemobbt und ausgegrenzt. Natürlich war ich immer in der Nähe des Buffets, hielt mich an meinem Teller und meinem Glas fest. Ich beobachtete die dürren Zicken, wie sie auf der Tanzfläche in hautengen Glitzerklamotten ihre Haut zu Markte trugen. *Zeig´ mehr*, sagten die Blicke der Männer, und ich gebe zu: Neid durchflutete mich, aber auch eine unendliche Traurigkeit. Dicksein ist echt nicht lustig, da fühlt man sich sozialtot. Endlich auch einmal einen schlanken, begehrenswerten Körper haben, im Mittelpunkt der Aufmerksamkeit stehen, einmal nur! Das war es, was ich mir kurz vor Zwölf inbrünstig gewünscht habe.

In der Arbeit diskutieren wir im Team oft über das Thema Schlanksein und Diät. Auch die Kinder in meiner Kita fangen schon damit an, sie erklären sich gegenseitig, was dick macht und was nicht.

Ich war schon als Kind mollig, das habe ich von Papa. Aber ihn stört es nicht, wenn die Knöpfe Schwerstarbeit leisten müssen, damit sie sein „Feinkostgewölbe", wie er es nennt, im Hemd halten können. Er findet sich toll, in jeder Positur, aus jedem Blickwinkel. Nie käme er auf den Gedanken, eine Diät zu machen.

Die Wahrheit ist, ich esse gerne. Ich bin diejenige, die immer ihren Teller leer isst, damit alle schönes Wetter haben. Besonders Desserts haben es mir angetan, da kann ich einfach nicht nein sagen. Letztes Jahr habe ich einen Termin bei einer Ernährungsberaterin vereinbart, Mama wollte es so. Ich habe brav eine Woche lang Ernährungs-protokolle geschrieben, die Desserts und andere Fails habe ich natürlich nicht notiert. Nichts habe ich zugegeben in dem ersten Gespräch, weil ich vernünftig und erwachsen dastehen wollte vor Frau Dr. Oberschlau, die mich über den Rand ihrer Supercheckerbrille gelangweilt gemustert hat. Die so getan hat, als sei eine gute Figur das Ergebnis aus Einstellung und Kalorienzählen. Die sicher *keine* Ahnung hat, wie schwer es ist, Widerstand zu leisten, wenn der Heißhunger mich packt, wenn ich wie gedopt den Kühlschrank aufreiße, auf der Suche nach etwas Süßem. Ich bin fünf Mal hingegangen, dann war Schluss. Und ganz ehrlich, *diese* Ratschläge hätte ich mir auch aus jeder Frauenzeitschrift holen können: Fett und schlechte Kohlenhydrate meiden, viel Wasser trinken, langsam abspecken…

„Der Körper ist wie ein Aushängeschild, mit dem man demonstrieren kann, wie gut man sich im Griff hat." Das habe ich in einer Zeitschrift gelesen, als ich auf meinen Termin bei Frau Dr. Oberschlau gewartet habe. Denn der Körper ist, so der gesellschaftliche Trend, eine Oberfläche, die man mit Sport und Superfood so gestalten kann wie der Bildhauer seine Skulptur. Straff oder schlaff, haarlos oder Fellhobbit, makellos oder übersät mit Cellulite-Dellen: Scheinbar alles eine Frage von Ziel und Plan. Zu einem schlanken Körper gehört leider sehr viel Disziplin, besonders für einen Typ wie mich: Ich nehme leicht zu und bewege mich ungern (nur, wenn es sein muss). Außerdem bin ich auch noch klein, da sieht man jedes verdammte Pfund zuviel.

Du solltest mal wieder… Fang doch endlich an… Lass die Finger weg vom Süßkram… Pass auf, was du dir reinschiebst…

Diese Stimmen in meinem Kopf sind wie ein Tinnitus, ein Grundrauschen, das ich nicht abschütteln kann. Hätte ich bloß mehr Willenskraft, ich wäre auch gerne eine perfekte Statue!

2. Januar

Ich trage Konfektionsgröße 46. Kein Normalgewichtiger kann sich vorstellen, wie voll demütigend es ist, wenn man in jedem Kaufhaus in die Plus-Size-Ecke abgeschoben wird. Kleidung von der Stange hört meistens bei Größe 42 auf.

Anscheinend will man den Frauen mit kleinen Kleidergrößen nicht zumuten, dass sie die XXXL Kleidung auf die Seite schieben müssen, um an die in XS zu kommen. Eine Augenbeleidigung, iiiiih! Die so genannten „Übergrößengeschäfte" mit ihrer „Mode für die reife Frau" finde ich auch krass ätzend! Ich bin 22, nicht 52!! Ich bestelle lieber im Internet, dann kann ich zuhause in Ruhe anprobieren.

Neulich war ich mit Marina zum Shoppen verabredet, es war ein herrlicher Samstag im Oktober. Sonnig, strahlend blauer Himmel, milde Temperaturen. Ich war am Start, wollte echt mein Geld ausgeben für neue Klamotten. Meine gute Laune war schon nach dem dritten Kaufhaus wie weggeblasen. Mir war alles zu klein, ich schwitzte in der engen Umkleide, *raus, nichts wie raus hier!* Und einen kaschierenden Überwurf, wie ich ihn in allen Übergrößen-Ecken gesehen habe, den wollte ich auch nicht haben. Frustriert habe ich mir ein großes Stück Pizza gekauft, es war mir scheißegal, wie viele Kalorien dieses Ding hatte. Die Leute auf der Straße sind ja auch nicht schlank, und dann zeigen sie in den Schaufenstern Mode auf Gerippen. Das hat doch mit der Realität nichts zu tun!

5. Januar

Es heißt immer „Abnehmen beginnt im Kopf". Ich probiere es mal mit Köpfchen… Bin bei meinen Internet-Recherchen auf etwas sehr Interessantes gestoßen: Eine gesunde Natursubstanz, die die Fettzellen aushungert! Davon habe ich noch nie etwas gehört. Das Pulver wird in Apfelsaft eingerührt und getrunken, das ist alles. Man hat keinen Appetit mehr und verliert rasend schnell an Gewicht. Klar bin ich skeptisch, aber auch neugierig. Ich habe es bestellt. Lasse es mir in die Arbeit liefern, meine Eltern brauchen davon nichts zu wissen. Der Anbieter garantiert 20 Kilos in sechs Wochen, ich weiß, es klingt unglaublich. Wieso soll ich mir monatelang einen abhungern, wenn es auch schnell geht? Angeblich fühlt man sich mit dem Getränk körperlich sehr wohl, hat viel Energie und ist gut drauf.

7. Januar

Wer dick ist, ist selber schuld. Der ist auch faul, langsam, stinkt und ist dumm. Das sind Vorurteile, mit denen ich zu kämpfen habe, tagtäglich. Meine Kinder in der Kita wären nicht das Problem, es sind die Mütter! Ich spüre, wie sich ihre abschätzigen Blicke in meinen Rücken bohren: *Wie ist die nur so dick geworden? So jung, eigentlich ganz hübsch, wie will die denn mit 50 aussehen?* Ich höre fast schon, wie sie denken: *Und der vertraue ich mein Kind an!*

Heute hatte ich mit Melli einen heftigen Streit. Behauptet die doch allen Ernstes, ich würde ihr ständig Schokopudding aus dem Kühlschrank klauen, sie habe mich nur noch nicht live erwischt. Okay, ich habe eine Schwäche für Desserts, aber gemopst habe ich noch nie eines. So ein gemeiner Vorwurf, das geht gar nicht!

10. Januar

Pfui Teufel, mein Zaubertrank schmeckt entsetzlich, das erste Glas habe ich mir vor dem Frühstück reingezogen. Und sofort mit viel Wasser nachgespült. Es ist das absolut Widerlichste, was ich jemals im Mund hatte, ein modriger Geschmack nach nassen, dreckigen Sägespänen. Drei Mal täglich ein Glas, auf keinen Fall zu viel Pulver einrühren, so steht es auf dem holprig englischen Beipackzettel. Anscheinend sind das pulverisierte Heilpilze, *magic mushrooms*. Mir geht's jedenfalls wirklich gut, Hunger habe ich keinen.

13. Januar

Drei Kilos sind weg! Ich fühle mich großartig und könnte Bäume ausreißen vor Energie. Spüre, wie mich ungefähr eine halbe Stunde nach dem grauenvollen Apfelsafttrunk eine sanfte Welle mitnimmt und mich in eine völlig neue Welt hineinspült. Ich erlebe die Natur so intensiv wie noch nie zuvor, das Krächzen der Krähen in blattlosen Bäumen auf meinem Arbeitsweg klingt wie eine geile Sinfonie, unfassbar melodisch, unbeschreiblich harmonisch. Ich spüre die Musik in meinen Zellen, schwebe in die Kita, innerlich völlig im Reinen mit mir.

Obwohl es im Januar wenig Farben draußen gibt, ich sehe sie doch – strahlend, schillernd, ein spirituelles Feeling: Das grau-schmuddelige Gras, die kahlen Sträucher erlebe ich in den leuchtendsten Farbtönen, von Violett bis Purpur.

Gestern hat es aus orangefarbenen Wolken ganz leicht in Türkis geschneit – wow, was für ein Farbrausch an einem trostlosen Januartag! Unterwegs bekam ich deswegen einen Lachanfall, der nicht mehr zu stoppen war, denn plötzlich erschienen auf dem Asphalt unter mir auch noch irre Muster. Und dazu bewegte sich der Boden sachte. Ich konnte nicht weiterlaufen, musste mich setzen, blöd nur, dass mir das mitten auf der Straße passierte. Einige Passanten wollten mir auf die Beine helfen, aber ich habe mich erfolgreich gewehrt. *„Total besoffen ist die, hör mal, wie die lallt... Wieso lacht die Frau so, Mama? ... Auf einem Bein kann man nicht stehen, jaja, lieber hinsetzen..."*

Daheim verschwand ich sofort in meinem Zimmer, zum Glück haben meine Eltern nichts gemerkt. Eine Stunde später war ich wieder auf Normallevel.

15. Januar

Don't cry, drink! Es schüttelt mich schon lange vor dem ersten Schluck, hilft aber nix. Immerhin, ich habe schon wieder zwei Kilos abgenommen! Und man sieht es, aber hallo! Meine Jeans sitzt mehr als locker, ich bin übrigens auch ganz locker. Habe ein Dauergrinsen im Gesicht, nichts wirft mich um.

Die Kinder sind hingerissen von meiner neuen Fröhlichkeit, wir haben echt Spaß miteinander! Ich erzähle ihnen Geschichten von königsblauen Tannenbäumen, auf denen singende Borkenkäfer steppen.

Meine Kolleginnen staunen, finden mich irgendwie durchgeknallt, aber gut. Melli meinte heute: „Abspecken bekommt dir! Ich habe dich noch nie so gut gelaunt erlebt. Wie machst du das nur?" Das, liebste Melli, bleibt mein Geheimnis...

Daheim wundern sich meine Eltern, dass ich nicht mehr heimlich den Kühlschrank plündere, nicht mehr nasche. „Was willst du denn?" habe ich Mama gut gelaunt geantwortet. „Ich befolge nur, was du mir gepredigt hast: Vernünftig essen!"

17. Januar

Langsam wird mir das Zeug unheimlich. Es reißt mir die Kilos von den Rippen, dass ich nur so staune: Sieben Kilos in sieben Tagen – wenn das so weitergeht, dann bin ich zum Monatsende echt zwanzig Kilos leichter. Dabei fühle ich mich stark, fast schon unbesiegbar, habe keinerlei Hunger oder Appetit. Allerdings fällt mir das Denken schwerer als sonst, manchmal klopft mein Herz wie wild und gestern hatte ich Schüddelfrost. Das kann aber auch an der Kälte draußen liegen, immerhin ist Januar. Bin ich real oder körperlose Materie? Bin ich ein Charakter in einem Computerspiel, ohne Ich-Gefühl? Jedenfalls bin ich im Einklang mit jeder Küchenschabe, der Boden atmet, ich spüre eine göttliche Krafd in mir.

20. Januar

Meine neuerdings unverwüstliche gute Laune ist heute auf den absoluten Nullpunkt gesunken. Ich hatte gleich nach dem Morgenkreis einen sinnlosen Streit mit Frau Beischler. „Ich scheiß auf Ihre blöden Regeln!", schrie ich sie an. Nur weil ich mir spuntan das Tamponrin geschnappt und ein kleines Tänzchen gewagt habe. Die Kita ist mir egal, die Gesellschaft ist mir egal, es ist furzegal, ob man gut aussieht oder schlang ist. Alles unwichtig. Ich muss gar nichts. Ich sollte: Die. Dosis. Runterschrauben. Es ist eine fucking weird situation, wenn ich nur wüsste, wie ich aus der Nummer wieder rauskomme.

21. Januar

Heute musste mich die Feuerwehr von einem Baum im Garten runterholen, ich habe nichts mehr gecheckt. Der Baum war ends hoch, so zehn, fünfzich Meter schätze ich mal. Dabei wollte ich echt nur bei den Eichhörnchen mitschbieln, die haben mich gerufen!

Meine Eltern sind sehr aufgeregt, Papa hat mich über den Rand seiner Kaffeetasse hinweg ungläubig angesehen. „Also Annett, erzähl mir keinen Käse, das ist kein normaler Entdeckungsdrang. Du bist schon seit Wochen völlig neben der Spur!"
„Was ist los mit dir? Kiffst du?", fragte Mama ängstlich.
„Nein, natürlich nicht. Macht euch keine Sorgen, ich muss

wieder bisschen mehr essen", nuschelte ich und verschwand in meinem Zimmer.

22. Januar

Ich hab's, das ist die Lösung! Das Bulver kommt in Schokomuffins, nur ein Gramm pro Portion. Dann kann ich das besser händln, denn die Dosis macht das Gift. Ich werde gleich auf Vorrat backen, die Hälfte nehme ich mit in die Arbeit, die andere Hälfte lasse ich daheim im Kühlschrank.

24. Januar

Bei uns in der Einrichtung ist der Teufel los. Die Beischler ist hoide total ausgetickt. Hat sich die Kleider vom Leib gerissen und ist raus auf die Straße gerannt. Immerhin weiß ich jetzt, wer immer den Schokopudding klaut, das habe ich Melli auch gesagt. Sie wollte wissen, was in den Muffins steckt, und ich habe gebeichtet. Sofort wollte sie auch einen, habe ihr einen geschenkt, damit sie dicht hält. Daheim war eine Bombenstimmung! Mama und Papa haben zu ihren alten Hippiesongs gedanzt und wollten mit mir einen Kreistanz einstudieren. Die beiden sind so peinlich!! Ach, übrigens: Ich habe schon zwölf Kilos abgespeckt, fühle mich prima.

27. Januar

Also dann verrate ich jetzt mal etwas, was fast jeder auf dieser Welt automatisch weiß: Kontrolle ist eine Illusion, denn niemand weiß, was als nextes passiert. Die Heilpilze schmecken in Musoschoklad fast nicht mehr durch, ich habe jeweils eine große Schüssel für alle im Kühlschrank deponiert, daheim und in der Arbeit.

Dick is beautiful, scheiß auf die Figur! Ich bin schön, ich bin schlau, niemand kann mir was!

Inzwischen sind alle Kolleginnen und unser Zivi subber gut drauf. Kinder sind ja schon groß, die schbieln auch allein. Sieht bisschen chaotisch aus in der Kita, wir haben keine Lust zum Aufräum. Sind doch nicht die Deppen vom Dienst. Die Mütter tuscheln beim Abholen, solln sie doch. Und daheim, was ist das für 1 life! Papa hat nämlich seine Koffer gepackt, er will nochmal was erleben. „Aber die Mousse bleibt, wo sie ist!", schrie Mama, als er nach der Kühlschrangtür griff.

Es ist voll abgefahren, wie die sich aufführen: Die Nachbarn hämmern an die Wände und drohen mit der Polizei, wenn der Krach nicht aufhört.

30. Januar

Was kommen muss, dem entgeht man nicht. Melli hat uns verpfiffen, sie hat einer Mutter im Fertraun ferratn, was los ist. Dann kam die Polizei und hat uns alle abgeführt, ich habe mich gefühlt wie ein Schwerverbrecher, nur die Handschwelln haben noch gefehlt! Momentan sitze ich in einer weiß gefliesten Ausnüchterungszelle und warte auf bessere Zeiten.

Hier wäre es mit ein bisschen Farbe auch erträglicher! Aber immerhin, ich bin echt schlang. Hat sich doch gelohnt und Spaß hat's auch gemacht.

31. Januar

20 Kilos weg. Job weg. Papa weg.
Das neue Jahr geht ja schon mal gut los! Mein Ziel habe ich jedenfalls erreicht. An Silvester habe ich mir doch gewünscht, einmal im Mittelpunkt der Aufmerksamkeit zu stehen! Aber dass das so schnell geht, boah ey, das hätte ich nicht gedacht... Was fange ich denn jetzt mit den restlichen elf Monaten an?

Vielleicht mache ich mich selbständig als Farbberaterin.

Februar   Klimawandel

Es quietschte, als sie den beschlagenen Spiegel im nebel-
feuchten Badezimmer freirubbelte. Charlie hatte gerade
heiß geduscht. „Ohne Brille und bei schummriger
Beleuchtung gar nicht sooo übel!", dachte sie, einen
Handtuch-Turban auf dem Kopf. Ihr Gesicht war in den
letzten beiden Jahren gealtert, vor allem im letzten Winter.
Charlie studierte hingebungsvoll ihre Falten: Wieso hatte
sich diese eine tiefe „Merkelfalte" nur neben dem linken
Mundwinkel eingegraben, nicht aber neben dem rechten?
Was machten ihre rechte Mundseite, ihre rechte
Gesichtshälfte anders als die linke? Sie sollte wirklich
etwas dagegen unternehmen, ein bisschen wenigstens. Mit
einer Creme, die „der Haut zu trinken gibt", wie es die
Werbung versprach. Mit der sie strahlend schön die Augen
aufschlug, wie von der Sonne wachgeküsst, Anti-Aging
und Ultralift inklusive. Charlie zog den linken
Mundwinkel hoch, wie immer, wenn sie zweifelte.

Da kam ihr diese unglaubliche Geschichte mit den
amerikanischen Ureinwohnern wieder in den Sinn:
Angeblich konnten sie die Schiffe von Columbus nicht
erkennen, als diese in der Ferne vor der Küste ankerten.
Und zwar deshalb, weil sie völlig anders waren als alles,
was sie je zuvor gesehen hatten. Erst nachdem der
Schamane lange auf das Meer hinaus geblickt hatte, weil er

keine Erklärung für die Wellen hatte, konnte er die Schiffe schließlich wahrnehmen und sie den anderen zeigen.

„Ist es möglich, dass ich etwas Unübersehbares, Greifbares absolut nicht sehen kann? Obwohl es sich genau vor meiner Nase befindet, besser gesagt: Mitten in meinem Gesicht? Obwohl ich mich täglich im Spiegel sehe?" Immerhin, das könnte eine Erklärung sein! Sie hatte ihr jüngeres Selbst gespeichert, ein Update aber aus Selbstschutzgründen verdrängt.

Neulich, beim Betrachten eines ziemlich aktuellen Fotos (seitlich erwischt, in allen Facetten extrem ungünstig getroffen) auf dem Smartphone ihres Sohnes, da ließ es sich nicht länger leugnen. Sie musste sich der Wahrheit stellen, die sich unangenehm anfühlte, in etwa wie ein klumpiger Kloß im Magen – der zum Beispiel dann entsteht, wenn man fünf gefüllte Creme-Krapfen mit einem Happs vertilgt. Nicht gut also. „Nein, das bin ich nicht, das *kann* nicht ich sein!", hatte sie entrüstet ausgerufen. Eine zweite Keule der Erkenntnis traf sie ein paar Tage später, als sie ihre Wäsche im Trockenraum abnahm:

Hatte sie doch glatt ihre Jeans auf der Leine hängen lassen, vollkommen überzeugt davon, dass dieses unförmige Monster unmöglich ihr gehören konnte. Der korpulenten Nachbarin mit ihrem Riesenhintern wahrscheinlich… Aber dann hatte es geklingelt, und die Nachbarin brachte ihr das Monster vorbei. Es *waren* ihre Jeans.

Musste frau denn immer schön sein? Was, wenn es frau egal wäre? Oder wenn es, gesellschaftlich gesehen, völlig okay wäre, Verfallserscheinungen mit sich herum zu tragen? Dicker zu werden, dünnere Haare zu bekommen? Wieso nur wurde eine makellose Optik so glorifiziert, warum waren tiefe Falten, scharfe Kerben, Hängebacken und Winke-Arme so verpönt? Viel wichtiger war es doch, im Kopf jung zu bleiben und positiv zu denken. Selber zu denken, anstatt sich berieseln zu lassen oder das Leben per Fernseher ins Haus zu holen!

Wechseljahre dauern gute zehn Jahre, und die Veränderungen beginnen schleichend – das hatte sie gelesen. Charlie war 53, also mittendrin, und sie fragte sich an diesem Morgen, was noch an Überraschungen auf sie zukommen würde. Nüchtern betrachtet waren Wechseljahre nicht mehr als ein Übergang in eine andere Lebensphase – was war schon dabei, das ganze Leben bestand schließlich aus Übergängen! „Sicher wären meine Falten keinem Ureinwohner Amerikas unangenehm aufgestoßen," seufzte sie. „aber damals gab es keinen Jugendkult. Und keinen Schönheitswahn."

Trübe Wintertage wie dieser machten Charlie aufmerksam auf die heiteren Sommertage, denen sie zu wenig Beachtung geschenkt hatte. Es war ein stahlgrauer, eisiger Februarmorgen, einer von der Sorte, der potenzielle Selbstmörder auf dumme Gedanken bringen konnte. Der Winter zog sich, so wie in jedem Jahr. Sie sehnte sich nach Wärme, sofort und auf der Stelle.

Als selbsternannte Schamanin suchte sie auf dem Weg in die Bäckerei nach den ersten Anzeichen des Frühlings: War es nicht schon heller als gestern um diese Uhrzeit? Und die Schneeglöckchen, die Winterlinge in den Gärten: Sie waren seit gestern gewachsen, kein Zweifel!

Im Laden war es mollig warm, dafür sorgten die Öfen für das Halbgebackene. Heute war „unsinniger Donnerstag", Charlie freute sich auf den Tag, die Menschen waren lockerer in der Faschingswoche. Zum Beispiel ihre Schlipsträgerkundschaft, der sonst vor lauter Wichtigkeit kein Lächeln über die Lippen kam. Nach dem traditionellen Krawattenabschneiden waren sie sichtlich befreit, das Menschliche an ihnen schimmerte sympathisch durch.

Beschwingt stieß Charlie die Ladentüre auf und sofort umschmeichelte sie der Geruch von warmem Brot und frisch aufgebrühtem Kaffee. Hoffentlich konnte sie pünktlich Schluss machen, denn sie wollte nach Feierabend noch auf den Weiberfasching. Ihre Kollegin hatte heute Frühschicht, gerade war sie mit dem Einräumen des Brotsortimentes fertig geworden. Duftende, knusprige Laibe warteten in den Regalen auf hungrige Mäuler. Die Kuchentheke war bis zum Anschlag gefüllt mit Krapfen: Von Schokolade bis Eierlikör, von Mandeltraum bis Kirsch-Joghurt, jeder Einzelne glänzte süß und verführerisch.

„Hey, Charlie! Du siehst ja richtig frisch aus!" Christin rüttelte ein Backblech mit abgekühlten Schrippen in die

Brötchenschütte und fragte über ihre Schulter hinweg: „Hast du denn schon ein Kostüm für heute Abend?"

„Ich verkleide mich als Sahneschnitte, was sonst!" Charlie grinste lausbübisch.

„Jetzt sag schon, spann´ mich nicht auf die Folter!" Christin drehte sich um und zog erwartungsvoll ihre Augenbrauen hoch. „Hässlette", antwortete Charlie leicht gereizt. „Ich gehe als Menopausen-NoGo auf zwei Beinen."

Ihre Kollegin verdrehte die Augen und seufzte:

„Ich weiß, du provozierst gerne. Spannend ist, was möglichst viele Leute aufregt. Also, wenn du mich fragst…"

Die Ladenglocke bimmelte, zwei Stammkundinnen mit eingefrorener Mimik und Polarluft im Schlepptau schneiten herein. Wenn sie ehrlich war, dann interessierte es sie nicht, was Christin von ihrem Kostüm hielt.

Charlies Erfahrung mit den Wechseljahren war: Frau wird noch einmal neu gebacken. Was wusste Christin mit ihren 24 Jährchen schon! Groll breitete sich in ihr aus, stieg hoch und wollte ihr fast schon die gute Laune verderben, beinahe bereute sie ihre spontane Zusage zum Weiberfasching. Vor dreißig Jahren, in ihrer Sturm- und Drangzeit, da war sie eine echte Sahneschnitte gewesen: Tigerlilly, Paradiesvogel, Playboy-Bunny, gefallener Engel, Can-Can-Tänzerin … Charlie liebte Verkleidungen. Wandelbar, wunderbar – war sie das wirklich noch?

Neuerdings versuchte sie es mit einem Pokerface, wenn ihre Hormone Achterbahn mit ihr fuhren: Hitzewallungen, Schweißausbrüche oder plötzliches Frieren, Gefühlsstürme in allen Schattierungen – der Klimawandel war auch bei ihr angekommen. In den unpassendsten Momenten wechselte Charlie Farbe, Temperatur und Stimmung – ein Spiel, das ihr Körper liebte, mehr noch als alle ungesunden Gaumenschmeichler. Schokolade, Kuchen, Nudeln, ofenfrisches Brot mit viel Butter, all das verkniff sie sich aus Vernunftgründen. Meistens jedenfalls. Doch die Ambitionslücke in ihr vergrößerte sich rasant, seit sie in der Bäckerei arbeitete.

„Vier Fitnessbrötchen bitte!" Ein verschwitzter Jogger zählte mit klammen Fingern zwei Euro zwanzig auf den Zahlteller, grabschte eilig nach seiner Tüte und trabte von dannen. Vielleicht Joggen oder Walken? Das probierten doch alle ab vierzig! Aber bei solchen Experimenten spielten ihre Knie nicht mehr mit, und dann ihr Rücken! Viele Ü-50-er hatten es im Kreuz. Verschleiß oder Arthrose sind unvermeidlich, besonders in einem stehenden Beruf wie ihrem. Vielleicht Yoga oder Wellness? Regelmäßig in die Sauna, um den Schweißausbrüchen zuvorzukommen? Der Chor ihrer Besenreiser protestierte unisono. Charlie stieß einen Seufzer aus und konzentrierte sich auf den nächsten Kunden.

Das Lieferauto aus der Zentrale war mehrere Male vorgefahren und hatte Nachschub gebracht: An die 1200 Krapfen waren heute über die Theke gegangen. Es war spät geworden, als Charlie sich eilig auf den Heimweg machte. Ihre Schritte knirschten wie quakende Frösche auf dem überfrorenen Altschnee.

Daheim gelang ihr mit wenigen Handgriffen das hässlichste Make-up aller Zeiten. Sie klebte zwei künstliche Warzen an ihr Kinn und bemalte einen Schneidezahn schwarz. Dann ölte sie ihre kurzen, lockigen Haare ein und bestäubte sie mit erheblichen Mengen Trockenshampoo – sie sollten grau und fettig wirken. Schließlich legte sie den künstlichen Umschnallbauch an, riss mit einem entschlossenen Ruck ein Loch in ihren ausgeleierten, braunen Pulli und zog die schwarzen Leggings aus stretchigem Kunstleder hoch. Zu guter Letzt schlüpfte sie in weiße Sommersandalen, unter denen geringelte Söckchen hervorlugten. Und jetzt nichts wie los, die Party war sicher schon in vollem Gange!

Umkehren oder weitergehen? „Hätte ich doch bloß die alten Galoschen mit den dicken Gummisohlen angezogen", schimpfte sie leise vor sich hin. Dabei hatten sie im Radio noch vor Blitzeis gewarnt. In angedeutetem Schlittschuhschritt eierte Charlie den spiegelglatten Gehsteig entlang. Nein, so kam sie definitiv nicht voran! Ohne Schuhe ging es bestimmt schneller. Aber in dem Moment, als sie sich nach vorne bückte, um die Riemchen ihrer Sandalen zu öffnen, zog es ihr die Füße weg. Sie schlug der Länge nach hin und landete unsanft auf dem Asphalt. Da lag sie nun, verdattert und hilflos. Kleine Atem- und Schweißwölkchen stiegen rund um sie auf und schwebten

Richtung Straßenlaterne. Charlie atmete tief durch. Nichts passiert, der Umschnallbauch hatte größeren Schaden verhindert. Und ihr Kostüm war jetzt richtig perfekt: Schürfwunden an beiden Knien, die Leggings zerrissen, der dunkelrote Nagellack abgesplittert.

Sie war gerade im Begriff, ihre Knochen zu sortieren, als wie aus dem Nichts ein nächtlicher Passant auf sie zuwankte. Ein sturzbetrunkener Faschingsgänger auf dem Heimweg? Dafür war es eigentlich noch zu früh am Abend. Der Mann näherte sich in Zeitlupentempo und bekam endlich Konturen. „Sind Sie verletzt? Na, Sie hat's ja wirklich voll erwischt!", kommentierte er ihren desolaten Aufzug und sah sie mitleidig an. „Das Blitzeis haben wir wohl beide unterschätzt."

„Oooch, es sieht schlimmer aus, als es ist", erwiderte Charlie und sah mit schelmischem Blick nach oben. „Hab daheim fast schon genauso ungesund ausgesehen wie jetzt. Wissen Sie, das ist mein Kostüm für den Weiberfasching. Und leichte Schläge auf den Hinterkopf erhöhen das Denkvermögen. Hat jedenfalls mein Lehrer aus der Grundschule behauptet."

„Ich *bin* Lehrer", sagte er amüsiert. „Diesen Satz werde ich mir merken…" Obwohl er sich selbst kaum halten konnte, half er ihr auf die Beine. Sie hakten sich unter wie ein gebrechliches, altes Ehepaar, zwei Fremde in der Nacht, die sich gegenseitig stabilisierten.

„Ich war auf dem Weg in die Kneipe gleich um die Ecke, haben Sie Lust, mich zu begleiten?"

Nach zwei Schnäpsen zum Aufwärmen – nach solch einem Schreck gab es nichts Besseres – lösten sich die beiden Warzen von ihrem Kinn und der schwarze Schneidezahn nahm seine ursprüngliche Farbe wieder an.

Gregor, der angehende Lehrer, stand kurz vor dem Staatsexamen. Er war total im Stress, total verkrampft, sehr nett und sehr jung. Außerdem konnte er gut zuhören. Charlie erklärte ihm ihr Hässletten-Kostüm. Sie lamentierte, dramatisierte, polarisierte. Welch ein Wrack die Wechseljahre doch aus ihr gemacht hatten! Andererseits, was sie alles *nicht* mehr musste: „Alleine rund um meine Beine fallen mir zig Beispiele ein, mit denen ich mich noch vor zehn Jahren herumgequält habe: Hochhackige Schuhe, kurze Röcke, Nahtstrümpfe, lackierte Fußnägel und gebräunte Beine aus dem Sonnenstudio weit vor Mai, dann natursonnengebräunt bis weit nach September – vorbei, aus die Maus."

„Über meine Beine habe ich mir noch nie Gedanken gemacht, die sieht doch keiner, außer in der Badehose!"

„Männer finden sich immer toll, ganz egal, wie sie aussehen. Sie brauchen weder Cellulitecreme gegen Dellen an den Schenkeln, kein Hornhautpeeling gegen zuviel Haut am Fußballen…", erwiderte Charlie spöttisch.

„Dafür gibt's wirklich eine Spezialcreme? Und was meinst du mit Peeling?" Gregor war ganz Ohr, immer wieder schüttelte er ungläubig den Kopf.

Charlie stieß einen Klagelaut aus und schnaubte in ihr Glas. „Schlimmer noch, es tut richtig, richtig weh, wenn frau schöne Beine haben will. Schon mal was von Waxing gehört? Oder von Epilieren gegen unerwünschte Behaarung vom Wadenmuskel aufwärts bis zur Bikinizone?"

„Nein. Aber mir wird gerade klar, was für ein wunderbares, schmerzfreies Leben ich habe. Ganz ehrlich, das ist doch reine Folter. Und warum tust du dir das alles an?", fragte er.

Nach dem dritten Pils nuschelte er mit leichtem Zungenschlag: „Ich verstehe dich nicht. Du siehst doch super aus, was zählen schon die Jahre. Hast das Herz auf dem richtigen Fleck, einen wachen Verstand. Eine tolle Frau bist du, im Ernst jetzt!"

„Danke, das tut gut. Und das aus dem Mund eines Junglehrers, der mich zufällig aufgeklaubt hat! Da musste ich wohl erst so richtig auf die Schnauze fallen, damit mir ein Licht aufgeht!"

„Leichte Schläge auf den Hinterkopf erhöhen das Denkvermögen... Das kam doch vorhin aus deinem Mund, oder?"

„Langsam wird es Zeit für mich, morgen habe ich Frühschicht. Die ersten Schrippen müssen um kurz nach fünf in den Ofen."

„Bleib doch noch", bettelte Gregor. Diesem Hundeblick konnte Charlie unmöglich widerstehen. Kurz zögerte sie, bevor sie ihren Umschnallbauch auf dem Stuhl neben sich deponierte.

„Den Klimawandel lege ich hiermit ganz offiziell auf Eis, für heute jedenfalls. Fasching ist nur einmal im Jahr!", trompetete Charlie. „Ja!" Gregor sprach aufgekratzt und laut. „Und Krapfen gehören einfach dazu."

März   **Trick 17**

Es war einer dieser Vorfrühlingstage, an denen die Vögel viel zu früh anfangen zu randalieren. Und schon beim Aufwachen hatte ich das untrügliche Gefühl: Heute liegt Veränderung in der Luft. Veränderung ist in meiner Situation nicht verkehrt, obwohl mir das Verlassen meiner ausgetretenen Pfade Angst macht. „Das einzig Beständige ist der Wandel", so heißt es doch, aber schon das *Denken* meines neuen Lebensmottos ruft Unbehagen in mir hervor. Ich bin ehrlich, ich gebe es zu: Ich will mich nicht verändern, nichts will ich verändern. Ja, ich bin ein Gewohnheitstier. Ein Lemming, der in der Masse mitschwimmt. Einer dieser 08/15-Menschen, an denen man vorbeigeht, namenlos, gesichtslos, farblos. Ob es etwas gibt, was mich abhebt, was mich vergrößert oder belebt? Nein, ich glaube nicht. Ich lebe mein durch und durch alltägliches Leben ohne große Höhen und Tiefen. Mehr noch, ich fühle mich wohl innerhalb meiner selbst gesteckten Grenzen, sie geben mir Halt und Sicherheit.

Aber da wohnt ein Dämon tief in meinem Inneren, der mich beleidigt. Er beschimpft mich als schmalspurig, verhöhnt mich als kleinkariert im Denken, Fühlen und Handeln. Mein Dämon spuckt mich an, er faucht, ich soll endlich etwas aus mir machen, mich dem Leben mit seinen

Abenteuern und Risiken aussetzen. Kann man denn mit 49 noch etwas aus seinem Leben machen?

Langsam kämpft sich die Sonne durch den Frühnebel, viel Kraft hat sie noch nicht um diese Uhrzeit, und doch ahne ich, dass ein schöner Tag anbricht. Mit der leeren Kaffeetasse in der Hand sehe ich hinaus in den kleinen Garten des Reihenhauses, in dem ich seit einer gefühlten Ewigkeit wohne.

Dann nehme ich Schlüsselbund, Handtasche und meinen Rollkoffer und schließe die Haustüre sorgfältig ab. Niemand weiß, wohin ich gehe, niemand wird mich vermissen, niemand wird nach mir fragen. Ich stelle den Kragen meines Mantels hoch, es ist noch frisch an diesem Märzmorgen. Ich verlasse mein altes Leben, gehe ohne Hast zum Bahnhof. Und nehme exakt den fünften Zug, der die Stadt verlässt.

Graubraune Äcker, kahle Bäume: Draußen gibt es nichts zu sehen, dennoch bin ich froh um meinen Fensterplatz in dem leeren Zugabteil. Eine durch und durch unattraktive Landschaft zieht an mir vorbei, schmerzhafte Gedanken an die letzten Monate werden wach.

Die Fünf ist von jeher meine Glückszahl. Dachte ich, bis zum 25.5. im letzten Jahr, als mir meine Firma von jetzt auf gleich gekündigt hat. Tabula rasa, innerhalb von zehn Minuten war ich abgewickelt: PC herunterfahren, Schreibtisch ausräumen, Schlüssel abgeben – und ruck-zuck stand ich vor der Türe, nach 14 Jahren. Der neue, dynamische Personalchef hatte für meinen Geschmack einmal zu oft beteuert, dass es sich um eine rein betriebsbedingte Maßnahme handeln würde. Doch für mich war es ein Schock! Wohin in meinem Alter, mit meiner Allerweltsqualifikation?

Am 5. Januar verließ mich dann Erik. Wenigstens hat er die Weihnachtsfeiertage noch abgewartet, bevor er sich aus dem Staub gemacht hat und zu seiner Affäre gezogen ist. Ach Gott, natürlich haben wir uns auseinander gelebt nach all den Jahren. Durststrecken gibt es doch in jeder Beziehung, aber deshalb gleich alles hinwerfen?

Der fünfte Zug endet in der Einöde, genauer gesagt in einer trostlosen Kleinstadt „in the middle of nowhere". Sie und ich, wir passen wunderbar zusammen, wir sind uns ähnlich in unserer Banalität. Gutbürgerliche Fassaden umrahmen meinen Weg Richtung Innenstadt. Ein wenig prickelnder habe ich mir den Ausstieg aus meinem bisherigen Leben schon vorgestellt, irgendwie sensationeller.

Das Bella Italia am Marktplatz verströmt abgestandenen Pizzamief. Soll ich mich hier zu Mittag niederlassen? Zögernd betrete ich das in die Jahre gekommene Lokal, setze mich an einen schäbigen Tisch, sichtbar abgenutzt, eine lieblose, abgegriffene Speisekarte liegt darauf.

Leere Chiantiflaschen auf den Tischen, wachsüberströmt, mit abgebrannten Kerzen als Krönung der Geschmacklosigkeit. Auf den Fensterbrettern verstaubte Plastikorchideen, bei denen man kaum mehr die ursprüngliche Farbe errät. Ein Wandgemälde aus dem Jahre Schnee, das die Caprifischer im Sonnenuntergang bei der Arbeit zeigt.

Gerade will ich meinem Fluchtreflex nachgeben. Da fliegt plötzlich die Küchentür auf, und mit einem Wimpernschlag ändert sich alles: Eine Aura von Männlichkeit und Exotik weht zu mir herüber, sie umschmeichelt mich, lässt mein Herz höher schlagen. Ein Mann wie aus dem Bilderbuch lächelt mich selbstbewusst an, seine weißen Zähne blitzen im Zwielicht der Pizzeria, seine Augen funkeln mit dem Rest seiner prachtvollen Erscheinung um die Wette. „Kind", hat meine Mutter früher oft gesagt, „für dich müssen wir einen Mann backen. Dir ist keiner gut genug!" Dieser hier scheint frisch dem Backofen entsprungen zu sein. Breitschultrig, athletisch, gelockt, männlich, markant. „Jeder Zoll ein junger Apoll!", so höre ich im Geiste meine Mutter flöten.

„Guten Tag, schöne Lady, was darf ich Ihnen bringen? Haben Sie schon etwas gefunden?"

Am späten Nachmittag wird klar, dass ich nicht *etwas*, sondern *jemanden* gefunden habe: Barir – meinen Traummann aus Marrakesch.

Nachdem sich außer mir keine Menschenseele zum Mittagessen in die Pizzeria verirren wollte, hat sich Barir nach dem Abtragen meines Tellers zu mir gesetzt.

„Susanne, dein Name klingt wie eine harmonische Melodie, ruhig, fein und irgendwie elegant", sagt er verträumt und nimmt meine Hand. „Weißt du, in Marokko bedeutet Barir so viel wie treu", fährt er fort und streichelt mit Hingabe jeden einzelnen meiner Finger, bevor er meine Hand sehr behutsam an seinen weichen Mund führt.

Wir reden ohne Punkt und Komma, schütten uns gegenseitig unsere Herzen aus, erklären uns unsere seelischen Blessuren. Nach wenigen Stunden ist mir klar: Nomen est Omen. Barir *ist* treu, er lebt seinen Namen in vollem Umfang – wie wohltuend nach dem Schmerz, den Erik in mein Herz gerissen hat. *Barir und Susanne*: Diese drei Wörter, sie klingen wie eine gute Prognose, eine tragfähige Perspektive für die Ewigkeit. Der Blitz hat in dem Moment bei mir eingeschlagen, als Barir mir von seiner enttäuschten Liebe erzählt hat. „Weißt du, in Marokko sind wir nicht so schnell mit einem 'Ich liebe dich'. Bei uns ist das ein Versprechen, kein Scherz!"

Mein Herz öffnet sich wie eine Tulpe vor Mitgefühl und Zuneigung, aber noch behalte ich die Kontrolle über den Sturm meiner Gefühle. So etwas kann nicht real sein, nicht in meinem Alter und nicht unter diesen Umständen. Und doch: Wir sind Seelenverwandte, das habe ich von Anfang an intensiv gespürt – und wäre ich nicht so vorsichtig und pessimistisch, wäre ich überschwänglicher als ich es bin, dann könnte man es so formulieren: Es ist Liebe auf den ersten Blick, ein Jahrhundertereignis.

Mein Dämon weiß noch nicht richtig, wie er meine spontane Verliebtheit einordnen soll, er schweigt – zum ersten Mal seit vielen Jahren.

„Wie viele Nächte bleiben Sie denn?"
Die Pensionswirtin mustert mich neugierig mit ihren blauen Glubschaugen und staunt dann mit offenem Mund, als ich selbstbewusst antworte: „Wahrscheinlich wird es ein längerer Aufenthalt. Ich bezahle zwei Wochen im Voraus!"

Nach zwei Tagen schon ist klar, dass wir zusammengehören, wir sind unzertrennlich, kein Blatt Papier passt zwischen uns und unsere Liebe. In den Atempausen erzählt mir Barir von sich, seiner Familie, seinen Gefühlen und seinem großen Traum: Ein eigenes Lokal am Djemaa el-Fna möchte er eröffnen! Dieser zentrale Platz Marrakeschs ist die wichtigste Sehenswürdigkeit für Touristen, sie fehlt bei keiner Stadtbesichtigung. Zahllose und zahnlose Händler bieten hier marokkanische Spezialitäten zum Verzehr an, Quacksalber, Geschichtenerzähler, Schlangenbeschwörer und Feuerspucker tummeln sich in engen Gassen. Soviel weiß ich aus dem Reiseführer.

Barir richtet sich mit leuchtenden Augen im Bett auf und beschreibt seine Stadt: „Marrakesch ist Orient pur, unbeschreiblich lebendig, hässlich und herrlich in einem. Nicht so kalt und steril wie hier. Hier spüre ich mich nicht, meine Gefühle sind wie kalte Pizza mit lauwarmem Rotwein. Man könnte darauf verzichten, aber man muss ja essen." Dann sackt er zurück ins frisch gestärkte Kopfkissen. „Ich habe schon so einiges angespart in Deutschland, aber es reicht einfach nicht für mein Lokal." Denn selbst in der deutschen Provinz ist das Leben teuer – und als Kellner verdient er gerade so viel, dass er durchkommt. „Aber das Trinkgeld lege ich eisern auf die Seite, du wirst sehen, eines Tages geht mein Traum in Erfüllung! Gestern habe ich ganz überraschend ein unglaubliches Angebot von meinem Cousin bekommen. Er hat sogar Fotos mitgeschickt! Stell dir vor, mitten in Marrakesch, in bester Lage, wird ein kleines Lokal verkauft. Gar nichts Besonderes eigentlich, aber ich könnte etwas Besonderes daraus machen. Der Eigentümer hört auf, er ist alt und hat keine Kraft mehr. Ich muss mich schnell entscheiden und das kann ich nicht, weil mir das nötige Kapital fehlt." Und seufzend fügt er hinzu: „Also werde ich absagen und auf die nächste Gelegenheit warten. "

Er sieht mich an, frustriert und mutlos. Ich sehe ihn an, plötzlich sehr mutig, und dann bricht es aus mir heraus: „Und wenn ich bei dir mit einsteige? Als Geschäftspartnerin? Ich habe eine ordentliche Abfindung bekommen, als man mich in der Firma loswerden wollte. Deine und meine Ersparnisse, wir gemeinsam, das ist doch die Idee überhaupt! Lass uns doch dieses Lokal zusammen führen!"

„Ist das dein Ernst?" Als ich ja sage, weint er vor Glück und legt seinen dunklen Schopf an meine Schulter.

Am Arsch vorbei führt auch ein Weg! Wenn mich der Arbeitsmarkt hier nicht mehr will, wenn mich Erik nicht mehr will – dann kann mir Deutschland gestohlen bleiben.

Mein Dämon grunzt, erstaunt über meinen unerwarteten Mutanfall. „Ja, jetzt lernst du mich kennen", triumphiere ich im inneren Dialog mit ihm und strotze dabei vor Stolz und Genugtuung. Schluss mit einem Alltag, zäh und langweilig wie alter Kaugummi, vorbei die Jahre im Dornröschenschlaf.

Nun überschlagen sich die Ereignisse – Barir und Susanne starten in ihre niegelnagelneue Zukunft! Knapp drei Wochen nach unserem ersten Rendezvous im Bella Italia sitzen wir im Flieger nach Marrakesch, in meinem Bauch toben wild gewordene Schmetterlinge und wenn ich zu Barir auf dem Nebensitz hinüber schaue, dann geht es ihm nicht viel anders.

„Holt uns Dein Cousin auch wirklich am Flughafen ab? Ich möchte mich mit soviel Bargeld in der Handtasche nur ungern öffentlich bewegen, man hört doch so viel über Raub und Diebstahl."

„Aber ja, mach dir keine Sorgen, er wird da sein, wir können uns auf ihn verlassen. Zuerst fahren wir in unser Lokal, und anschließend in seine Wohnung. Nur für die ersten Tage, bis wir etwas Eigenes gefunden haben. Wir würden seine Gastfreundschaft mit Füßen treten, wenn wir im Hotel wohnen. Aber das habe ich dir doch alles schon erklärt!"

Zwei Stunden später finde ich mich wieder am Djemaa el-Fna – und bin verzaubert von Marrakesch. Die Nacht senkt sich in samtweichen Grautönen herab, als wir zu dritt Richtung Lokal streben. Ich bin wie belämmert von all den fremden Gerüchen, von der ohrenbetäubenden Lautstärke und presse meine Handtasche mit dem Geld darin an meine pochende Brust. Das hier ist meine höchst persönliche Geschichte aus 1000 und einer Nacht. Ja, ich bin bereit!

„Der Besitzer will Bares, und er will Euros, sonst verkauft er an den anderen Interessenten", hatte der Cousin verkündet. „Da lässt er nicht mit sich handeln."

Sie werden sagen: „Das habe ich kommen sehen. Wie kann man nur so naiv sein." Und Sie haben völlig recht – wie kann man nur. Eine ausgewachsene Frau von 49 Jahren lässt sich von einem glutäugigen Casanova buchstäblich ausziehen bis aufs Hemd. Ja, ich kenne den Spruch „Liebe macht blind", nun weiß ich auch, wer in diesem Schmierentheater die Hauptrolle spielt.

Ich erspare Ihnen die Details, nur so viel: Mein Geld ist weg. Die Liebe meines Lebens ist weg. Nur ich bin noch da, mitten in dem lauten, dreckigen, wuseligen Marrakesch. Mitten unter lachenden, dunkelhaarigen Männern und blauäugigen Touristinnen, die ihre Handtaschen fest an sich drücken. Mutterseelenallein mit mir und meiner Dummheit.

„Kind", so höre ich im Geist meine Mutter lamentieren, „was soll nur aus dir werden?"

Tut mir leid, Mama: Im Moment habe ich keinen blassen Schimmer, wie es weitergeht. Weißt du noch? Als Kind habe ich immer und überall getanzt. Auf der Eckbank in unserer Küche, im Supermarkt zwischen den Regalen, als Faschingsprinzessin mit meiner Jugendliebe Erik.

Vielleicht drehe ich jetzt komplett durch und eröffne eine Schule für orientalischen Bauchtanz in Marrakesch?

April   # Heute wegen gestern geschlossen!

„Und was kommt noch dazu?"fragte die Verkäuferin hinter der Feinkosttheke.

Bloß nicht! Hoffentlich kommt nichts mehr dazu, dachte Mia, *alles müsste eigentlich weniger werden!*

„Danke, das ist alles", antwortete sie mit einem matten Lächeln. Fuck! Wieder war ein Tag verrauscht, an dem sie von früh bis spät gerödelt hatte, ohne Pause, ohne auf die Uhr zu sehen. Sie war hundemüde.

Immer öfter fühlte sie sich wie-ein-Text-ohne-Punkt-und-Komma-eine-endlose-Aneinanderreihung-von-Silben-und-Sätzen-die-sich-anfühlten-als-dürfe-sie-nicht-mehr-ein-und-ausatmen-um-es-drastisch-auszudrücken-sie-war-am-Ende-ausgebrannt-und-atemlos…

Eigentlich hieß sie Maria, hatte jedoch ihren Vornamen kurzerhand modernisiert, als sie ins Berufsleben einstieg. Mia, das klang spontan, schnell, Multitasking inklusive: Ja, so war sie!

Sie sprach stakkato, reagierte flexibel auf wechselnde Umstände und liebte die permanente Veränderung. Mit Stillstand hatte sie allerdings ein Problem.

Darum hatte sie in ihrer letzten Firma gekündigt, jeden Tag die gleiche Leier und keine Aufstiegsmöglichkeiten. Die neue Herausforderung bei der Bank of Global Development ergab sich nach einem Kulturwandel, sprich einer knallharten Umorganisation für sie.

„Musik? Was hören Sie denn so? Wenn Sie jetzt ‚quer durch die Charts‘ sagen, dann können Sie gleich nach Hause gehen!" hatte ihr Chef im ersten Qualifikationsgespräch süffisant gewitzelt. Deshalb murmelte Mia schnell etwas von Jazz und Blues. Ihre Studienfachkombination, fünf Jahre solide Berufserfahrung, vor allem aber ihre selbstbewusste, toughe Art, die hatte ihn nach dem dritten Gespräch überzeugt.

Pro forma noch die obligatorische Frage: „Disziplin und nachhaltiges Denken gehören doch zu Ihren Life Skills? Ja? Können Sie am Montag um halb acht anfangen?"
Sie konnte. Mia war proaktiv, ambitioniert, eine Schnellaufsteigerin. Innerhalb von drei Jahren war sie zur Kronprinzessin des Rechtsvorstands avanciert, sie galt als clevere Expertin für kreative Rechtskonstruktionen. Und immer ging es natürlich um viel, viel Geld.

Pausenlos durcharbeiten, permanent weltweit unterwegs sein – wer legt eigentlich solche maßlosen Standards fest?

Mia schloss seufzend die Tür auf und ließ den Blick über die moderne Einrichtung ihres Penthouse-Apartments schweifen:

Alles war in Weiß gehalten, klare Linien, schnörkellose Eleganz. Und keine Zimmerpflanzen, wegen der Gießerei. Sie war selten zuhause, allein im letzten Jahr waren es 27 Langstreckenflüge gewesen, die anderen 107 Tagestrips waren Business as usual.

Im Lemon Tree Premier in Dehli hatte sie vor wenigen Tagen einen Blackout. Muss man sich mal vorstellen, beim Aufwachen wusste sie nicht mehr, wo sie war! Sie fühlte sich saft- und kraftlos wie nie zuvor in ihrem Leben. Völlig desorientiert starrte sie die Zimmereinrichtung an: Die geschmackvollen Wandbilder mit Elefantenmotiven waren schließlich ihre Rettung. Einen Schweißausbruch später hatte sie sich wieder im Griff und duschte sich die Erschöpfung vom Leib. Mit ihren 33 Jahren führte sie ein Leben auf der Überholspur. Wobei ihr schwante, dass Erfolgsdruck und Perfektionswahn ein unheilvolles Duett waren, mit dem sich ein Burnout hervorragend heran-züchten ließ. Natürlich waren es immer Top-Hotels mit Top-Service und Top-Frühstück. Alles erstklassig, darauf achtete die Bank.

Wenn schon überarbeitet, dann First Class … ist doch super fürs Image … und kann mir wenigstens nicht als Schwäche ausgelegt werden.

Ihr Sarkasmus half dieses Mal nicht. Sie warf einen kleinen Muntermacher ein und konzentrierte sich aufs Tages-geschäft. Nur jetzt keinen Fail! Doch alles war glatt gelau-fen bei ihrem indischen Großkunden, die Vertragsverhandlungen zogen sich über mehrere Tage hin. Danach hatte sie einen völlig verspannten Kiefer. Und asymmetrische Gesichtszüge, die immer dann sichtbar wurden, wenn ihr Akku restlos leer war.

Mia bekam ein Spitzengehalt mit Sonderzulagen, Firmenauto und allem Pipapo, musste sich aber eingestehen: Die Hälfte ihres bombigen Einkommens war Schmerzensgeld. Früher hatte sie insgeheim die Bewunderung auf den Gesichtern ihrer Freunde genossen, die ein wie achtlos hingeworfener Satz in imposantem Business-Sprech auslöste. Inzwischen hatte sie keine Zeit mehr für Freunde, denn die wollten ja bespaßt und gepflegt werden. Ein paar flüchtige Bekannte waren noch geblieben, man traf sich in den angesagten Bars der Stadt und tauschte Belanglosigkeiten aus. Wenn Zeit war. Aber Zeit ist Geld. Und viel Geld lässt kaum noch Zeit. Mia war klar: Dieses mörderische Tempo und der ständige Work-Overload mussten sie früher oder später fertig machen. Wahrscheinlich eher früher. Anyway, noch hielt sie durch.

Kurz vor Mitternacht checkte Mia ein letztes Mal ihre Emails. Ausgerechnet morgen musste ihr der Chief of Controlling noch einen Abendtermin reinwürgen. Dieser No Brainer! Dabei hatte sie ihm mehr als einmal klar gelegt: Das Thema galoppiert nicht. Nicht im zweiten Quartal. Dann pustete sie mit flachen, schnellen Atemzügen ihre frisch lackierten Fingernägel trocken, Marke und Farbe gehörten zu den Must-haves der neuen Saison.

In der Zwischenwelt, in der man kurz vor dem Einschlafen segelt, schickte sie einen gewaltigen Wunsch an das nächtliche Universum:

Weniger! Langsamer! Ruhe!

Nicht erreichbar sein müssen, einen Day off nehmen. Keine Meetings. Nicht ein- oder auschecken. Bequeme Schuhe tragen. Kein verstohlener Blick in den Spiegel, um ihr Make-up zu kontrollieren.

Nichts von all dem, was ihren täglichen Ritt auf der Rasierklinge noch stressiger machte, nur einen einzigen Tag lang!

Am nächsten Morgen war ihr nächtliches Lamento vergessen. Sie nebelte sich mit ihrem neuen 300-Euro-Luxus-Parfum ein. Alle wollten es, sie hatte es. In Dubai ergattert, wo sie gestern einen Stopover eingelegt hatte. Dann überprüfte sie ihr Hair- und Facestyling, alles war perfekt. Sie war am Start.

Zwar konnte sie im Job nicht mit ihrem Outfit punkten, die Business-Uniform in ihrer Branche bestand rund um den Globus aus schwarzem Hosenanzug und weißer Bluse. Aber dieses Parfum! Mit jedem Atemzug kam sie buchstäblich in den Geruch eines angesagten Status-Symbols.

Plötzlich stutzte sie:

Ihr Parfum schien umgekippt zu sein. Es roch nach 4711. Ja, nach schlichtem Kölnisch Wasser. Mia erinnerte sich an diesen Geruch, weil ihre Oma ihn auch benutzt hatte. Oder sollte sie besser sagen: vor sich hergetragen hatte? Auch ihre Klavierlehrerin hatte immer ein Fläschchen 4711 auf ihrem Flügel stehen, sie schwor darauf, dass es zur Reinigung der Tasten kein besseres Mittel gebe. Eingehüllt in ihre Erinnerungen und den Duft, der sie ausgelöst hatte, stand sie vor dem Badezimmerspiegel. Hatte sie etwa für ein einfaches Wässerchen den Gegenwert eines Edelshirts ausgegeben? War sie auf das geschickte Marketing einer kultigen Designmarke hereingefallen?

Nein, das kann nicht sein. Ich kenne diesen Duft!

Beim Blick auf ihre Armbanduhr, die zuerst ihren Wert, danach die Zeit verriet, holte sie die Gegenwart wieder ein. Irgendetwas störte sie heute an der Uhr, sie kam nicht darauf. Es war allerhöchste Zeit zum Aufbruch: Ein 12-Stunden-Tag im Büro erwartete sie.

Das wird sportlich heute, Conference Calls, Meetings, Japanreise vorbereiten. Und vorher sollte ich mich noch schlau machen, welche Deals und Intrigen intern laufen.

Auf dem Weg zur Garage bemerkte Mia, dass sich ihre Schuhe heute völlig geräuschlos den Weg in den Tag bahnten. Kein ʼklack-klackʻ der roten Sohlen, sie lief heute wie auf Luftkissen.

Schnell drückte sie ihr Empfinden weg und zückte den Autoschlüssel. Wie immer wollte sie in ihr rotes Cabriolet steigen, als sie erstarrte.

Ihr Wagen war weg. Wahrscheinlich geklaut.

Aber wer hatte an seiner Stelle den klapprigen, roten Golf geparkt? Noch seltsamer war, dass sich der Golf mit ihrem Autoschlüssel öffnen ließ. Konfus steckte sie den Schlüssel ins Zündschloss und fuhr los. Welch ein Schauspiel! Eine hektische Business Tussi, unterwegs in einer vor sich hin holpernden Rostlaube bei Tempo 30…

Unterwegs wühlte sie in der Handtasche nach ihrem Smartphone. Es war da, sie konnte es fühlen! Erleichterung durchflutete sie kurz, dann: Oh! My! God! Das fühlte sich an wie ihr Uralt-Handyknochen aus dem Jahre Schnee, als sie es in die Hand nahm. Das war *nicht* ihr Smartphone.

Das gibt's doch nicht. Ich bin im falschen Film. Oder doch Burnout?… Ich muss dringend Urlaub machen…

Beim Blick auf ihre Handtasche ein weiterer Schock: Das war *nicht* ihre Handtasche, sondern ein schlechtes Imitat! Auf ihren Design Bag hatte sie zwei Jahre gewartet, eine lohnende Investition, die mehr Rendite abwarf als Gold oder Aktien. Und ihre Louboutin-Schuhe! Weg, einfach so: Anstatt dessen langweilige Allerwelts-Pumps mit 4-cm-Absätzen…

Fassungslos und zitternd stand Mia im gläsernen Außenaufzug. Ein Aprilschauer peitschte Schneematsch an die beschlagenen Scheiben, die Welt draußen verdunkelte sich. Ihr Büro befand sich im 17. Stock. Dort war sie sicher. Sie hechtete aus dem Aufzug, atmete auf: Geschafft!

Hinter der repräsentativen Eingangsfront der Bank gähnte sie die gesamte Etage verlassen an, kein Mensch, kein Möbel zu sehen. Nur ganz hinten am Fenster des Großraumbüros stand eine Bank mit Messingschild, darauf las sie in geschwungener Gravur:

Bank of Global Development

Ein einsames Kuvert langweilte sich auf der Sitzfläche, es hatte offensichtlich nur auf sie gewartet. Mia setzte sich dazu.

Das ist die Kündigung, ganz sicher. ... denen ist 100 Pro aufgefallen, wie gestresst ich bin. Schnippisch beim Chef ... überreizt beim Kunden.

Und dann die Bitch aus ihrer Abteilung, die immer alles besser wusste. Die schneller, jünger, schöner war. Die hatte doch sicher ihre Finger im Spiel! Sie gab sich einen Ruck und öffnete den Brief:

Heute wegen gestern geschlossen!

Was sollte *das* denn? Wer in aller Welt hatte diese Nachricht für sie auf der Bank deponiert?

Was war gestern gewesen? Eine After-Work-Party, ein Event, worüber sie nicht informiert war?

Im Zeitlupentempo kroch sie in den Fahrstuhl zurück. Der Aufzug surrte geschmeidig nach unten, stoppte dann abrupt, ruckelte noch ein, zwei Mal – und dann ging nichts mehr. Sie drückte den Rufknopf und wartete. Nichts passierte. Sie schlug mit der flachen Hand auf das Edelstahltableau, ohne Erfolg. Versuchte es mit Dauerdrücken, aber nichts rührte sich. Draußen jagten dunkle Wolkenfetzen vorbei, der Asphalt glänzte kalt von unten herauf. Erschöpft rutschte Mia zu Boden und schloss die Augen. Anyhow, sie war am Ende, psychisch und physisch.

Früher war alles besser. Oh Gott, ich höre mich an wie Omi. ... aber es war echt leichter. .... gelacht, gefeiert, mein Leben genossen. ... Männer. Freundinnen.

Plötzlich drängte sich Kerstin in ihre Gedanken.

Mensch Kerstin, lang ist's her!

Sie waren beste Freundinnen, von der Grundschule bis zum Abi. Kerstin mit ihrer ruhigen, bodenständigen Art hatte sie immer dann wieder eingefangen, wenn sie abhob. Sie hatte für sie gelogen, als sie damals wegen Kifferei auf der Schultoilette fast von der Schule geflogen wäre. Kerstin hatte dicht gehalten, als Mias Eltern sie gefragt hatten, ob sie wirklich die Nacht bei ihr verbracht habe.

Sie war ihr Fels in der Brandung, ein Leuchtfeuer in der Nacht, immer für sie da. Vor einigen Jahren war ihre Freundschaft in die Brüche gegangen. Kerstin zog mit ihrem Freund zusammen und schmiedete Zukunftspläne. Mia hatte sie ziemlich von oben herab als Spießerin abgekanzelt: „Du mit deinem durch und durch bürgerlichen Streben nach Familie, Haus, Hund und selbst gekochter Erdbeermarmelade. Du bist doch total aus der Zeit gefallen!" Kerstin antwortete nur: „Lieber bürgerlich als lächerlich!" Stand auf und ging. Seither war Funkstille.

Okay, es war ein grober Patzer gewesen, den Mia schon oft bereut hatte. Eine wie Kerstin gab es kein zweites Mal. Wie oft schon wollte sie sich entschuldigen, einfach über ihren Schatten springen, aber: Sorry seems to be the hardest word…

Jetzt pack´ ich´s! …wenn ich hier sowieso festsitze… mehr wie auflegen kann sie nicht…

„Mia? Maria! Das glaube ich jetzt nicht, das ist ja ewig her!"
„Ich weiß. Tut mir leid, Süße! Wegen damals, ich war eine Idiotin. Eine blöde Kuh. Ich wollte schon so oft…"
„Ach, Schwamm drüber, ist doch schon ewig her. Ich freu´ mich total, dass du anrufst!"
„Wie geht es dir, was machst du?" fragte Mia erleichtert. Kerstin holte tief Luft, im Zeitraffer rückwärts ging es durch die letzten zehn Jahre.

Mia lauschte andächtig. „Und dir, Maria? Was ist los? Hast du etwas ausgefressen?"

„Im Moment stecke ich fest. In einem Aufzug, der sich keinen Millimeter mehr bewegt. Aber auch sonst. Ach, heute ist einfach ein Scheißtag!" In einem verbalen Befreiungsschlag sprudelte sich Mia die letzten Jahre von der Seele. Nein, sie lebe nicht ihr Leben und ja, sie wolle sich verändern. „Und seit heute früh ist mein Leben völlig aus den Fugen. Du wirst mich für verrückt erklären, wenn ich dir erzähle, was mir passiert ist!"

Mia schlug die Augen auf und blinzelte ungläubig in den zaghaft sonnigen Aprilmorgen.

War die ganze wirre, irre Story etwa nur ein Traum gewesen? Sie setzte sich in ihrem Bett auf, dieses Mal kein bisschen desorientiert. „Ich werde kündigen", murmelte sie. „Und Kerstin! … Da ruf´ ich sofort an, ich war lang genug feige" Sie griff zum Smartphone und wählte Kerstins Nummer. „Hallo Kerstin, guten Morgen. Hier ist Maria", nuschelte sie mit einer noch vom Schlaf belegten Stimme. „Ja, ich weiß, wir haben uns ewig nicht gehört". Sie räusperte sich. „Du, Kerstin, ich wollte nur sagen, es tut mir so leid! Ich weiß, ich habe es verbockt damals. Ich war eine arrogante Zicke. Kannst du mir bitte, bitte verzeihen?"
„Ach, längst vergessen, ist doch Schnee von gestern. Und du hast ja auch irgendwie Recht gehabt. Haus, Familie, Erdbeermarmelade. Nee, das ist echt nicht alles. Ich will wieder arbeiten. Also, dich hat der Himmel geschickt! Ich

brüte hier seit Tagen über meinen Bewerbungsunterlagen. Kannst du mir da unter die Arme greifen?"

Mia fiel ein Stein vom Herzen. „Aber sicher. Ich muss noch kurz ins Büro ... und danach könnten wir uns treffen. In unserem Stammlokal, auf ein Käffchen, wie in alten Zeiten?"

Vor dem Penthouse erhob sich ein mildes Lüftchen und die Bäume wiegten sich zustimmend im Frühlingswind.

Mai Zwischen Groove und Wahnsinn

Um 1.45 Uhr am Montagmorgen spürte Zara ein dumpfes "Plopp" im Bauch. Die Fruchtblase war gesprungen. Sie informierte ihre Hebamme, zog sich vorsichtig an und griff nach dem Köfferchen, das seit Wochen fertig gepackt auf seinen Einsatz wartete. Dann stieg sie in ein Taxi, gegen drei Uhr war sie im Krankenhaus.

„Ich kann nicht mehr!", schrie Zara. Sie hatte Schiss.

„Bleiben Sie ruhig, entspannen Sie sich. Das kann noch lange dauern", antwortete die Hebamme betont professionell und ergriff Zaras verschwitzte Hand. „Sie sind nicht die erste Frau, die ein Kind bekommt. Und alle haben es geschafft!"

„Aber für *mich* ist es das erste Mal... Ich halte diese Schmerzen nicht mehr aus!", stöhnte Zara. Sie kreischte jede Wehe mit, bis die Hebamme ihr sagte, sie solle eine tiefere Stimmlage wählen, denn dann hätte sie mehr Kraft. Zara hatte zwar Jazz studiert, aber das war ihr neu. Und tatsächlich! Die nächsten Wehen waren leichter. Ab da verlor sie jegliches Zeitgefühl.

Um 15.04 Uhr kam Mattis zur Welt und alles war vergessen. Der Kleine saugte versuchsweise an ihrer Brust und blinzelte mit halb geschlossenen Augen ins Leben, seine Mutter war auf Wolke 7. Zufriedenheit, Erschöpfung wie nach einer Bergtour und eine unendliche Ruhe verströmten sich in Zara – die Ruhe vor dem Sturm, wie sie bald begreifen würde.

Sie hatte Geoff bei einem internationalen Blues- und Jazzfestival kennengelernt. Er war *der* angesagte Tenorsaxophonist, Zara die Leadsängerin der kultigsten Bluesband. Bei verschiedenen Jazz- und Weltmusikprojekten waren sie sich zwar schon öfter über den Weg gelaufen, einen Gig hatten sie aber bisher noch nie zusammen gehabt. Jetzt spielten und sangen sie zum ersten Mal miteinander, interpretierten Blues, Jazz, Soul in schwingender Extase, waren ganz Gefühl und Groove. Sie berauschten sich am rhythmischen Fluss der Musik, an der aufgeheizten Stimmung im Publikum. Später, hinter den Kulissen, flatterte ein Blatt Leidenschaft aus dem Notenheft und eine intensive Affäre mit wenig Aussicht auf Bestand entflammte. Zwei Monate später landete Zara unsanft auf dem Boden der Tatsachen und Geoff fiel aus allen Wolken. Sie war schwanger.

„Oh my gosh! Ich will keine Familie mehr, Zara! Ich bin 62, and I feel definitely too old for babytalk. Und ich bin ständig on tour."

Zu Entscheidungen von fundamentaler Tragweite gehören schlaflose Nächte. Zara wälzte sich aufgewühlt im Bett hin und her. Sie war unsicher, ob sie das Kind wirklich wollte. Sie war gerade 39 geworden, ein an sich schaukeliges Alter: Vieles ist möglich, genauso vieles unmöglich. Man ist nicht mehr jung und ebenso sicher noch nicht alt. Zaras biologische Uhr tickte in diesen Nächten erbarmungslos. Schließlich schickte sie Vernunft und Verstand dorthin, wo der Pfeffer wächst.

Jetzt oder nie: Das ist meine letzte Chance. Ich werde das Kind schon schaukeln, ob mit oder ohne Vater! 1,5 Millionen Frauen in Deutschland sind schließlich alleinerziehend...

Seit ein paar Jahren schon spielte Zara mit dem Gedanken, eine Familie zu gründen. Wenn sie ehrlich war, dann schlummerte eine durch und durch traditionelle Mutti in ihr, die mit einem konservativen Leben liebäugelte: Ein braver Mann, zwei liebe Kinder, ein Haustier und ein Haus. Zugleich patrouillierte eine freie Radikale in ihr, die Bürgerlichkeit im Allgemeinen und junge Mütter im Besonderen äußerst uncool fand. Welch eine unfriedliche Koexistenz!

Wie sie immer auf den Spielplätzen rumhocken mit ihrem Coffee-to-go in der Hand. Und trotzdem sehen sie aus wie übermüdete Zombies. Warum eigentlich? Was tun sie schon groß, außer Kinderwagen schuckeln. Oder das Sandspielzeug halten, das ihnen ihr schwankendes Kleinkind mit Rotzglocke überreicht. Anscheinend sind junge Mütter permanent überfordert. Die meckern und brüllen doch pausenlos! Und igitt: Einen runtergefallenen Schnuller sterilisieren sie mit rotierenden 360-Grad-Bewegungen in ihrem eigenen Mund...

Mit einem Baby verändert sich das Leben, das hatte Zara mehrfach erlebt. Ein unerklärlicher Sentimentalitätshammer schlug zu, sobald junge Eltern vom schönsten und klügsten aller Säuglinge (ihrem nämlich) schwärmten. Auch der genetisch eingebaute Vokabularschwund versetzte Zara immer wieder in Erstaunen: Vernünftige Menschen in verantwortungsvollen Positionen verfielen in einen sopranhohen Sing-Sang, sobald sie mit ihrem Nachwuchs sprachen. Sie gebrauchten sinnfreie Wörter (Duzi-duzi, Wau-wau, Heia) und beim Blick in den Kinderwagen stellten sie Fragen auf unterirdischem Niveau (Ja wo isser denn? Ja was macht sie denn für Sachen?). Was und vor allem *wie* sollte ein zahnloser Säugling auf solche Fragen antworten? Außerdem erlebte Zara die jungen Mütter in ihrem Freundeskreis: Sie waren ständig am Jammern und intensiv damit beschäftigt, eine moderne Identität mit Kind zu finden – so wie jemand, der halbblind auf dem Boden nach einer herausgefallenen Kontaktlinse tastet.

Sie jedenfalls, das hatte sie sich geschworen, wollte *normal* bleiben. Sie wollte sich Zeit für den Übergang nehmen, wofür waren schließlich drei Jahre Elternzeit gesetzlich verankert? Wofür gab es Elterngeld, wozu Kindergeld? Und ihr Kind würde sich nahtlos in ihren Alltag einfügen, kein Ding!

Nichts war wie vorher. Seit fünf Wochen war sie nun zuhause und drehte am Rad. Ihre Mutter lebte auf Teneriffa und genoss ihr Leben. Die Freundinnen ohne

Kinder arbeiteten, die mit Kindern arbeiteten wieder und waren extrem entnervt. Zara war fast immer alleine und fühlte sich entsprechend isoliert. Eine Nachbarin nahm ihr zum Glück gelegentlich Besorgungen und Einkäufe ab, nicht aber den tobenden Säugling. Mattis machte es ihr schwer: Er war ein Schreibaby, schlief selten, spuckte oft und hatte dauernd Blähungen. Zara wälzte Babyratgeber und googelte auf Babyblogs nach brauchbaren Tipps. Und immer wieder las sie: „Versuche, gelassener zu werden! Schraube deine Ansprüche herunter!"

Geoff schickte ein Päckchen aus New York mit einem hellgrünen Frosch aus Plüsch, der mit seinen mageren Armen ein Miniatursaxophon umschlungen hielt. Seine überlangen Beine baumelten so hilflos an ihm wie Zara sich fühlte. Der Frosch quakte in moderater Lautstärke, wenn man auf seinen Bauch drückte, dann war er wieder still. So oder ähnlich hatte sich Zara ihr häusliches Idyll mit Mattis ausgemalt. Aber der Junge brüllte – egal, ob sie ihm den Bauch streichelte oder nicht. Wenn sie ihn mit wiegenden Bewegungen und sanften „Schschsch"-Lauten in der Wohnung herumtrug, wand er sich wie ein Aal. Legte sie ihn ins Bettchen und sang ihm Schlaflieder vor, dann schrie er, als wollte sie ihm das Leben nehmen. Sie wachte mit Argusaugen darüber, dass er nur rot und nicht blau anlief. Nach einiger Zeit wagte Zara eine Ausfahrt im Kinderwagen, doch außer Haus ging der Zinnober mit Mattis unverändert weiter. Andere Babys schliefen selig, eingelullt durch Kinderwagengerüttel, ihr Sohn nicht.

Sie wollte ihn verstehen, aber kann man Babys verstehen? An dieses Geschrei würde sie sich nie gewöhnen! Es trieb sie in den Wahnsinn, und genau hier begann ihr Problem: *Sie* war vor Mattis Geburt der impulsive Vulkan gewesen, *sie* hatte all ihren Gefühlen freien Lauf gelassen. Jetzt musste sie ihre negativen Gefühle zügeln. Sie konnte sie doch unmöglich an ihrem Kind auslassen, denn natürlich schrie Mattis nicht, um sie zu ärgern!

Pfff! Babyratgeber! Mütterblogs! Die haben doch keine Ahnung, wie es mir geht... Ich bin für andere unsichtbar, verblasse als Mensch. Bin nur noch Mutter, Milchzapfhahn und Wickel-roboter. Lebe in einem Takt, der nicht meiner ist. Ich könnte dreimal täglich schreiend Amok laufen... Mattis? Den würde ich am liebsten zum Fenster hinauswerfen... Ich könnte ihn schüt-teln. Ich möchte ihn mit einem Kissen ersticken... Dann wäre endlich Ruhe, endlich könnte ich schlafen. Nur eine einzige Nacht durchschlafen! Oder ich schiebe den Kinderwagen einfach ins Gebüsch und haue ab, nach Teneriffa zu Mama...

Zara erschrak über sich selbst, sie schämte sich für ihre kriminellen Gedanken. Wie so oft saß sie gegen halb neun abends auf dem Sofa, ihre dunklen, welligen Haare waren struppig und standen wirr vom Kopf ab.
Sie hatte Milchflecken auf ihrer linken Schulter, die frisch gewaschenen Leggings waren schon wieder übersät mit undefinierbarem Schmodder. Nach einem Horrortag wie diesem, am Ende ihrer Kräfte und Nerven, half nur noch eines: Heulen.

Warum nur gab es keine funktionierenden Gebrauchs-anleitungen für kleine Tyrannen wie Mattis? Mit glasigem Blick starrte sie die Wand an. Tyrannosaurus Rex. T-Rex. Eigentlich passte dieser Name viel besser zu ihm! „T-Rex", zischte Zara im Flüsterton, „reiß' dich zusammen, sonst bleibt dir dieser Name. Du hast die Wahl!"

Als Mutter bin ich eine komplette Versagerin, aber ich bin doch auch nur ein Mensch! Ab jetzt lasse ich ihn brüllen und stelle mich tot. Ich muss endlich zur Ruhe kommen, wieder vernünftig essen und regelmäßig duschen. Ist sowieso egal, ob ich ''Schlaf, Kindlein, schlaf'' oder ''La Le Lu'' singe. Von wegen: „Nach wenigen Minuten werden die kleinen Kinderaugen ganz müde und fallen zu"... Und Geoff? Verweigert einfach die Mitwirkung und schiebt eine ruhige Kugel in den USA. Kauft sich frei mit einem verdammten Plüschfrosch, während ich hier verzweifle. Aber es war ja meine Entscheidung! Und die war falsch. Ach, ich bin völlig ungeeignet als Mutter...

An den nervtötenden Soundtrack von T-Rex konnte sich Zara zwar nicht gewöhnen, aber im Laufe der nächsten Wochen wurde sie erfinderisch: Die laufende Dunst-abzugshaube, die schleudernde Waschmaschine, der pustende Fön – sie versuchte, T-Rex mit monotonen Geräuschen zum Einschlafen zu bewegen. Als nichts, aber auch gar nichts fruchtete, hielt sie sich entschlossen beide Ohren zu und begann lauthals zu singen:

Baby, pleeeease don't cry
Baby, please don't crahahahay no more
Come on now, sweet baby, sleep like a log*
Have mercy with your mother
she´s more than a green frog...

*To sleep like a log: Wie ein Murmeltier schlafen

Nach ein paar Minuten war sie völlig relaxt. Da war er wieder, der Groove! Sie nahm die Hände ab. Stille! T-Rex lächelte sie entwaffnend an und gurrte Liebeslaute.

Nein, das gibt´s doch nicht. So also wünscht der junge Herr beruhigt zu werden? Nichts leichter als das... Nichts lieber als das!

Anfang Mai zeigte sich die Natur von ihrer lustvollsten Seite: Saftig-frisches Gras spross um die Wette mit pistaziengrünen Blättern, Vögel in Paarungslaune zwitscherten laut, fast schon schrill. Nach einem trostlos langen Winter, gefolgt von einem kühlen Frühjahr, war es schnell warm geworden. Endlich! Zara verbannte die dicken Wintersachen in die Tiefen ihres Kleiderschrankes und legte leichte Sommerkleidung für sich und T-Rex bereit. Sie dekorierte die braunen Tannenzweige samt Lichterkette auf dem Balkon ab. Stattdessen stellte sie einen Kasten mit üppig wuchernden, aromatischen Küchenkräutern auf: Basilikum, Schnittlauch, Rosmarin, Thymian und Salbei – Grün, die Farbe der Hoffnung! Und tatsächlich, es ging aufwärts: Der lange Weg zum Krabbeln war geschafft, die

Stillerei war Geschichte und der erste untere Schneidezahn lugte hervor. T-Rex war sechs Monate alt.

Zara war inzwischen bekannt wie ein bunter Hund. Sie war die Einzige im ganzen Viertel, die bei ihren Ausfahrten improvisierte Bluessongs schmetterte. Vor dem Bäcker wurde sie von einer jungen Mutter mit Kinderwagen angesprochen. „Hey, ich mach' jetzt einfach mal den Anfang! Ich hab' dich schon öfter gesehen beziehungsweise gehört. Du bist echt klasse mit deiner kraftvollen Stimme. Und dann dieser Blues! Ich bin übrigens Ricarda, wir sind vor ein paar Wochen hierher gezogen." Sie deutete mit einer schwungvollen Handbewegung Richtung Kinderwagen. „Und das hier ist Tyrannella, sechs Monate ist sie jetzt."
„Tyrannella? Im Ernst jetzt?"
„Nein natürlich nicht. So nenne ich sie nur, wenn ich wütend oder total groggy bin. Sie heißt Johanna. Und deiner?"
„T-Rex", antwortete Zara, „aber eigentlich heißt er Mattis. Und ich bin ziemlich oft ziemlich groggy. Bin alleinerziehend, aber so richtig, ohne Netz und doppelten Boden."
„Wow. Das ist ja Stress pur", antwortete Ricarda und pfiff durch die Zähne.

„Meine Oma hat immer gesagt: Stress mit Kindern ist ganz normal. Das war früher genauso, aber da gab es kein Wort dafür. Und auch keine Wegwerfwindeln, Fertig-Gläschen, keine Elternzeit, keine selbstbestimmten Frauen. Inzwischen habe ich mich ganz gut mit meiner Situation arrangiert." Beide fühlten sich bereits nach kurzer Zeit wie Seelenverwandte aus einem früheren Leben – ohne Kinder. „Übrigens, ich habe Bongos zuhause. Was hältst du davon, wenn wir uns morgen nach dem Mittagsschlaf unserer Tyrannen auf dem Spielplatz um die Ecke treffen? Und ein bisschen miteinander jammen? Ich hab' mal in einer Band gespielt…" Ricarda strahlte sie an. „Also, was ist? Hast du Zeit? Hast du Lust?" Zara nickte euphorisch. Endlich eine Verbündete, die noch dazu Musik machte!

Die Spielplatz-Sessions wurden zum regelmäßigen Highlight ihrer Nachmittage. Musik, Spaß, ein normales Gespräch: Darum ging es, das tat richtig gut!
„Kann ich bei euch mitmachen? Ich habe mein Altsaxophon mitgebracht, es setzt langsam Rost an. Seit Emilys Geburt habe ich keinen einzigen Ton mehr gespielt." Carolin seufzte. „Ich würde wahnsinnig gerne wieder einsteigen, aber man kommt ja zu nichts. Dabei heißt es doch immer, Manager haben so stressige Jobs. Pah! Die sollten mal eine durchschnittlich übernächtigte Vollzeit-Mutter kennenlernen…"

Nach und nach kamen eine Ukulele, zwei Gitarren, eine Klarinette, eine Mundharmonika und drei Sängerinnen dazu. Der groovende Spielplatz-Tross machte Furore, das Aktionsbündnis „Blues gegen den Babyblues" sprach sich in Windeseile herum. „Kannst du mir beibringen, wie man Blues singt? Glaubst du, es funktioniert auch bei meinem Schreihals?", fragte Verena, blass und dünn wie eine Opferkerze. „Ich bin extra vom anderen Ende der Stadt hergekommen und neugierig!"

„Lass' es uns doch einfach ausprobieren. Und selbst, wenn nicht: Blues tut gut und hebt die Laune", antwortete Zara mit einem Augenzwinkern.

Auch die Kinder im Sandkastenalter wollten unbedingt mitmachen: Babyrasseln wurden spontan zu Rhythmusinstrumenten umfunktioniert, umgestülpte Sandeimerchen zu Minitrommeln. Ende Mai war „Blues gegen den Babyblues" zur festen Institution auf dem Spielplatz geworden.

Der Kontakt mit Geoff war nie regelmäßig gewesen, in den letzten Wochen jedoch komplett abgerissen. Geoff schrieb ihr nicht mehr. Zara machte sich Gedanken, obwohl sie dazu eigentlich keinen Grund hatte. Sie lebten beide ein freies, unabhängiges Leben. Keine toxische Beziehung, bei der einer ohne den anderen nicht mehr zurechtkommt. Sie konnte gut für sich und Mattis sorgen, allen Widrigkeiten zum Trotz.

Was ist los mit ihm? Warum meldet er sich denn nicht, warum reagiert er nicht auf meine SMS? Drogen, Tabletten, Alkohol... Nein, der Typ ist er nicht, das wäre mir doch sicher aufgefallen. Aber weiß man's? Irgendetwas ist im Busch, das sagt mir mein Bauch. Und der ist schließlich groß genug...

Am gleichen Abend kam eine SMS von ihm: „I'll be back in the coming days. Something happened down in New Orleans. Don't worry!" Sie hatte also Recht gehabt.

71

Drei Tage später klingelte es an der Tür, draußen stand Geoff, erschöpft und mitgenommen. Er hatte in New Orleans einen Schwächeanfall auf der Bühne erlitten – eine Vorstufe zum Herzinfarkt. In der Klinik hatten sie ihm zwei Stents implantiert.

„Der Kardiologe sagt, ich muss reduzieren, unbedingt… Keine Mammut-Tourneen mehr, sonst kann er für nichts garantieren."
„Oh, das tut mir leid, sehr sogar."
„I have to change my lifestyle and settle down."
„Wie, und was hast du jetzt vor?"
„Ich suche mir eine Wohnung hier. If things work out, I'll give saxophone lessons… Und dann eventuell ein neues Album? ´Age don't Mean a Thing`, wie findest du den Titel?"
„Klingt vielversprechend! Unterrichten liegt dir und solange du nicht übertreibst…"

In Gedanken versunken stand Zara gegen Mitternacht auf ihrem Balkon und streichelte den Wildwuchs in ihrem Kräuterkasten. Geoffs gesundheitliche Probleme setzten ihr zu, sie war völlig erledigt.

Plötzlich hatte sie einen Geistesblitz.

Ich könnte im Herbst und Winter Rhythm-&-Blues-Workshops für gestresste Mütter geben. Oder Intensiv-Wochenenden… Zuerst Singen und Grooven mit den Müttern, damit sie sich entspannen. Und später dann mit Babys... Ich habe doch

Kontakte zum Center for Jazz & Blues und zum Institut für Musiktherapie... Dort rufe ich an... Vielleicht klappt es ja schon im Sommer? Und Geoff? Wenn es ihm wieder besser geht, dann kommt er mir nicht wieder so einfach davon...

Zara nutzte die Gunst der Stunde und schlug ein neues Kapitel in ihrem Leben auf: Ihre beruflichen Visionen nahmen schnell Kontur an, die Kurse entwickelten sich bereits im Sommer zum Selbstläufer. Ihre Pläne realisierten sich leichter als Geoffs, denn niemand buchte im Sommer Saxophonstunden. Auch mit seinem neuen Album kam er nicht in die Puschen. Zuerst war er stinksauer und sträubte sich gegen die Vaterrolle, doch Zara bewies strategisches Geschick: Männer muss man loben, loben und nochmals loben – nur so erreicht frau ihr Ziel!

„Es hat Vorteile, wenn man einen Partner mit Lebenserfahrung an seiner Seite hat. Reifere Menschen wissen eben, was wirklich zählt im Leben", sagte Zara unüberhörbar laut zu Ricarda. Geoff verpasste Mattis auf der Parkbank neben ihnen gerade eine neue Windel, als der Junge sich und ihn in hohem Bogen vollpinkelte.

Geoff räusperte sich, dann sagte er etwas gequält:

„Yes. Family first!"

Juni   Frischluft

Mein Name ist Nadine Stern. Ich bin fünfunddreißig Jahre alt, ich war Sachbearbeiterin in einem Autohaus und gerade habe ich mein gesamtes Business-Outfit im Kachelofen verbrannt.

Doch, Sie haben richtig gelesen! Es mag destruktiv oder düster klingen, wenn man Kleidung verbrennt, anstatt sie im Altkleider-Container zu versenken. Für mich war es ein symbolischer Akt, mit dem ich einen Schlussstrich gezogen habe unter fast zwei Jahre der Häutung, weil mir mein altes Leben zu eng geworden war.

Man sagt mir nach, dass ich mich meistens auf der Überholspur bewege, Extremes liebe und Mittelmäßigkeit verabscheue. Stimmt schon, denn ausruhen kann ich mich schließlich auch noch auf dem Friedhof! Ich weiß, dass ich etwas Radikales in mir habe, ungern Kompromisse eingehe und für meine Umgebung anstrengend bin. Dies alles geht mir manchmal selbst ziemlich auf die Nerven, aber ich kann es nicht ändern: So bin ich eben!

Dabei habe ich es *wirklich* versucht: Ich wollte ein bürgerliches Leben führen mit allem, was für brave Leute dazu gehört. So wie meine Eltern, meine Schwester und die meisten Menschen in dem Landstrich, in dem ich aufgewachsen bin. Warum genügt mir ein normales Leben nicht?

Mit 29 lernte ich Manuel kennen, und fast schien es so, als ginge mit ihm nach so einigen gescheiterten Beziehungsversuchen mein Wunsch nach Normalität in Erfüllung. Wir waren am Anfang ein glückliches Paar. Ich hatte mich in seinen Lockenkopf verliebt, sein sonores Lachen und seinen ausgeglichenen, beständigen Charakter. Damit war er ein wohltuender Gegenpol zu mir mit meinem Eigensinn. Mit meiner nüchternen Klarheit, mit der ich mich manchmal ganz und gar unweiblich fühlte. Einmal hat er mir gestanden: „Ich war von Anfang an fasziniert von dir. Dein Gang, dein Gesichtsausdruck und deine Stimme .... sie drücken so wunderbar aus, dass du weißt, was du willst. Und ich bewundere dich, weil du deinen Hintern auch hoch bekommst, und nicht nur große Töne spuckst!" Ich fühlte mich geschmeichelt und geliebt.

Mittlerweile waren wir seit sechs Jahren zusammen. Wir hatten uns eingerichtet in unserem Kokon aus molligem Wohlbehagen, in dem alles vorhanden war, was man sich in unserem Alter wünscht:

Ein schönes Heim, einen guten Job, wir lebten zusammen in einem dörflichen Idyll, die nächste Kleinstadt nur einen Katzensprung entfernt. Wir hatten einen Garten, zwei Autos, drei Zimmer, vier Elternteile, fünf Geschwister. Wir gingen gerne ins Kino und kochten abends und am Wochenende gemeinsam. Mein Pantoffelheld liebte es bequem, kuschelig und war zufrieden mit unserer flauschigen Komfortzone: Er räkelte sich im Stressless-Fernsehsessel, mir war sterbenslangweilig. Er träumte von einem weichgespülten Happy End mit Ringetausch, während ich von dieser Vision zunehmend abgetörnt war. Party, Prickeln, Pferdestehlen, dazu hätte ich Lust gehabt! Es gelang mir einfach nicht, das Wunderbare im Alltäglichen zu sehen, war ich denn blind? Ich brauchte Frischluft, erstickte am täglichen Trott, der mich gefangen hielt wie ein Insekt im Bernstein. Ja, ich hatte mich ködern lassen mit einer bürgerlichen Existenz, die anfangs durchaus reizvoll war. Nach unzähligen Fernsehabenden mit schlechtem Programm, Chips und Cola Light lag ich mit offenen Augen im Bett und schrie mir selbst lautlos zu:

Nichts wie raus aus diesem Käfig, so schnell wie möglich!

Auch im Beruf klemmte es. Ganz unmerklich war ich über Jahre hinweg in einer Abwärtsspirale gelandet. Vom ersten Tag der Lehre an galt meine Leidenschaft all den tollen Autos, ich warf mich mit voller Kraft in meine Arbeit und wurde als Jahrgangsbeste übernommen. Mit Handkuss! Natürlich fühlte ich mich unersetzlich, wichtig. Aber mein Chef ist ein Stratege, wie er im Buche steht. Außerdem kann er ausgezeichnet rechnen: Und nach Adam Riese steht bei Frauen um die Dreißig nun mal das Thema Familienplanung an. Ich vermute, dass ich deshalb keine neuen, interessanten Aufgaben mehr bekam.

Inzwischen war mein beruflicher Alltag zur Routine erstarrt, die Tage flossen träge dahin wie ein ruhiger Fluss, mit Tendenz zur Algenbildung.

„Ist doch logisch, dass er nicht mehr in dich investiert, du wirst doch bald schwanger!", klatschte mir mein Kollege beim Mittagessen ins Gesicht, ganz Mann, ganz aufgeblasener Provinzgockel. Bei mir hat es im Kopf klick gemacht, und mir wurden schlagartig drei fundamentale Wahrheiten klar:

1. Es lohnt sich nicht, noch mehr Kraft und Zeit in meine Arbeit zu buttern, weil mein bescheuerter Kollege leider Recht hat. So denkt man hier in der Firma, vom Mechatroniker bis zur Geschäftsführung. 2. Ich will und werde momentan nicht Mutter werden. Noch nicht, vielleicht überhaupt nicht? Und 3. muss sich in unserer Beziehung grundlegend etwas ändern, sonst sehe ich schwarz, rabenschwarz.

Nach diesen Erkenntnissen verharrte ich lange in einer Art Schockstarre, kochte wie besessen und mampfte mit Hingabe in mich hinein. Ich stopfte mir sozusagen selbst den Mund, um nicht herausschreien zu müssen, wie mir zumute war. Nichts Essbares war vor mir sicher, ich suchte und fand die höchste Kaloriendichte pro Kubikzentimeter: In Lasagne mit dreierlei Käse, Pizza mit Pesto und doppelt Salami, Buletten im Speckmantel, Kartoffelsalat mit Mayo, Sachertorte mit Sahne. Kein Wunder, dass ich innerhalb von vier Monaten zehn Kilos zugenommen hatte.

„Bist du schwanger?", fragte mich meine Schwester Sabrina. „Wenn nicht, dann reiß' dich jetzt mal zusammen! Du gehst auf wie Hefekuchen, Schwesterherz!", frotzelte sie. Auch Manuel wunderte sich über meinen maßlosen Appetit: „Was ist denn los mit dir? Ich erkenne dich nicht wieder! Nur Fledermäuse lassen sich so hängen."

„Ich fühle mich so leer."

„Du fühlst dich *leer*? Nadine, du bist randvoll, hör auf, dich zu mästen wie eine Weihnachtsgans!"

„Aber das kann doch nicht schon alles gewesen sein? Wir sind noch nicht mal 30 und ich fühle mich wie kurz vor der Silberhochzeit!"

Männer sind unentbehrlich. Aber zu tiefschürfenden Gesprächen und für psychologische Analysen sind sie nicht zu gebrauchen. Manuel schwieg und ließ mich mit meinen Themen alleine. Wahrscheinlich war er hilflos oder hoffte, dass sich „das von alleine wieder gibt"…

Im Juni machten wir Urlaub im Pitztal, darauf freute ich mich seit Wochen: Ich liebe die Berge mit ihren erhabenen Gipfeln, die unberührte Natur dort, die Menschen mit ihrer direkten, ehrlichen Art. Und die frische Bergluft, in der ich mich frei fühle, durchatmen kann und mich bis in die letzte Zelle meines Körpers spüre!

„Morgen legen wir einen Ruhetag ein, ich brauche eine Wanderpause", stöhnte ich auf dem Rückweg einer anstrengenden Tagestour.

Wir hatten uns ziemlich verschätzt, aus fünf Stunden Wanderzeit waren am Ende geschlagene acht Stunden geworden.

„Morgen findet hier ein Marathon statt. Die laufen direkt am Hotel vorbei. Da könnten wir zuschauen!", schlug Manuel vor. Also schlenderten wir am nächsten Tag zum Straßenrand und mischten uns unter die Zuschauer des Gletscher-Marathons, der sich durch das lang gestreckte Tal zog. Es war ein unbeschreibliches Spektakel, fasziniert von der aufgeheizten Atmosphäre feuerte ich die Läufer an. Im hinteren Feld fesselte mich eine nicht mehr ganz junge Läuferin mit ausgemergelten Gesichtszügen, aber strahlend blauen, leuchtenden Augen. Mit Hingabe lief sie ihr Tempo: Ein Bild, das ich nie vergessen werde! Klar, sie war nicht die Schnellste – aber sie lief, und immerhin war sie 77 Jahre alt, wie ich später erfuhr.

Schau sie dir an! Sie lebt ihren Traum. Und ich junger Hüpfer komme nicht in die Puschen.

Als der letzte Läufer vorbeigetrabt war, hat es wieder klick bei mir gemacht. „Im nächsten Jahr laufe ich den Gletscher-Marathon mit!", prophezeite ich Manuel mit einer Festigkeit in der Stimme, die mich selbst erstaunte. Von dieser Minute an war ich wie ausgewechselt, ich hatte ein ehrgeiziges Ziel, fühlte mich wieder lebendig.

Ich wartete unsere Heimreise ab und fragte Manuel im Auto, was er von meiner Idee hielt.

Beim Autofahren konnte er mir zum Glück nicht ausweichen! „Du und deine Schnapsideen! Na, da bin ich mal gespannt, meine kleine Raupe Nimmersatt."

Ja, Raupe müsste man sein, dachte ich, *fressen-schlafen-fressen-schlafen-fressen-schlafen. Und dann zack! Fit und schön...*

„Aber glaub ja nicht, dass du mich da mit reinziehen kannst, ohne mich!"
„Früher hast du doch auch gerne gesportelt! Und du hast im Urlaub mindestens vier Mal gesagt, wie gut dir Bewegung tut. Außerdem hätten wir dann wieder ein gemeinsames Ziel." Manuel schwieg und konzentrierte sich auf die Straße. Ich war enttäuscht, wollte aber keinen Streit vom Zaun brechen.

Ich hielt Wort, stellte daheim sofort und ohne Vorwarnung unsere Ernährung auf „Schmalkost" um. Ich verschenkte meinen Käsevorrat, die fetten Fertiggerichte in der Gefriertruhe, meinen Süßigkeiten- und Knabbervorrat samt Aufbewahrungsbox. Dann putzte ich den Kühlschrank. Er blinkte mich erwartungsvoll an, als ich ihn mit Obst, Gemüse, Milchprodukten und anderen gesunden Lebensmitteln füllte. Auf der Fensterbank tummelten sich unterschiedlichste Kräutertöpfe, die Küche mutierte zur lustvollen Gesund-Zone. Jede Ernährungsberaterin hätte gejubelt, auch über das Plakat mit der Ernährungspyramide an der Küchentür. Manuel seufzte und schwieg.

Ich schaffte mir einen Hometrainer an, absolvierte ein straffes Ausdauertraining und strampelte innerhalb von vier Monaten mehr als 1000 Kilometer herunter. Danach kam eine nigelnagelneue Nadine zum Vorschein: Mein bestes Ich seit vielen Jahren trat gut gelaunt, gertenschlank und energiegeladen hervor. Ich war bereit für den nächsten Schritt.

Manuels spöttische Bemerkungen wurden weniger, dann versickerten sie ganz. Er nahm meine Verwandlung staunend zur Kenntnis, auch wenn er sie nicht oft kommentierte. „Jetzt ist aber alles wieder chic! Was willst du denn noch ändern? Für mich ist unser Leben prima so, wie es ist!", grummelte er.

„Aber für mich nicht. Das war erst der Anfang. Ich werde den Gletscher-Marathon Ende Juni mitlaufen! Mach doch mit, es würde mir viel bedeuten."

„Für solche Späßchen habe ich keine Zeit, ich stecke bis über beide Ohren in Projekten. Mach, was du willst, aber ohne mich!"

„Du wirst mich nicht ausbremsen, ich will diesen Marathon laufen. Und ich werde ihn schaffen. Bis dahin gebe ich uns beiden Zeit, und danach... So geht es jedenfalls mit uns nicht weiter!"

Manuel hatte sich für unser Leben schon lange einen Masterplan ausgedacht: Für ihn die steile Karriere als Bauleiter, für mich zwei Kinder, Haus und Hund. Er verbrachte immer mehr Zeit im Büro und auf seinen Baustellen, während ich weiter auf meinem Hometrainer schwitzte.

Ich sah ihn nur noch zwischen Tür und Angel, abends kam er spät nach Hause und war total erledigt. Er verschwand umgehend im Bett und schlief wie ein Stein.

Ein Seitensprung? Glaub ich nicht, der macht doch nicht so groggy!

„Schon wieder so spät? Hast du mal auf die Uhr gesehen, es ist fast zehn!", lamentierte ich. Ja, ich gebe es zu, ich war misstrauisch, eifersüchtig, stinksauer. „Was soll ich denn daheim? Dir beim Radfahren zusehen? Echt jetzt, du hast doch nur noch dich selbst im Kopf. Und seit du abspeckst, gibt's nur noch Körner und Grünzeug!", schnaubte er zurück.

Dann begannen seine Dienstreisen nach Polen. „Wir bauen ein neues Werk auf", informierte er mich trocken und zog ein wenig hilflos die Schultern hoch. „Ich werde in den nächsten zwei Jahren nicht viel zuhause sein, aber ich schätze mal, das kommt dir entgegen. Du brauchst doch sowieso Abstand von mir…"

War das jetzt der Anfang vom Ende? Wir lebten zwar noch unter einem Dach, aber viel verband uns nicht mehr. Irgendein Koffer stand immer fertig gepackt im Flur. Unsere Beziehung war im Standby-Modus, wir ließen sie beide laufen, weil sie nicht viel Energie verbrauchte. Oder war es Gleichgültigkeit, Feigheit und Zeitmangel?

Anfänger nennen es Joggen, Fortgeschrittene sagen Laufen. Anfang März wurde es wärmer, die Straßen waren eisfrei und für mich begann das Outdoor-Training. Bald erlebte ich am eigenen Leib, worüber die Community ständig stöhnt: Das Läuferleben ist hart. Trotzdem hatte ich zum ersten Mal seit Jahren das Gefühl, mein Ding zu machen. Mit Haut und Haaren verschrieb ich mich meinem neuen Ziel, dem Gletscher-Marathon im Pitztal!

Diamanten entstehen nur unter Druck – das war zu meinem Laufmotto geworden. Ich betäubte mich mit immer neuen Bestzeiten und genoss den Rausch der Endorphine. An sechs Tagen in der Woche trainierte ich, unerbittlich, ohne Ausnahme. Ich stand mörderfrüh auf, um noch vor der Arbeit einen langen Lauf hinzulegen, ich irrte nachts beim Intervalltraining durchs offene Gelände. Bei Sprints winselte ich bei mir selbst um Gnade und bettelte bei anderen um Anerkennung, als ich endlich das Vierdreißiger Tempo geschafft hatte. „Erwartest du, dass wir an deinem Sterbebett stehen, um dir zu deinen beinharten Trainingsplänen zu gratulieren?", provozierte mich Sabrina.

Laufen ist im Grunde genommen eine Art Psychotherapie. Ich ließ mein bisheriges Leben Revue passieren, arbeitete meine aktuelle Krise auf und strickte an meiner Zukunft: Was wollte ich wirklich, wo waren meine Stärken? Wie veränderte ich meine Schwächen? Was würde aus Manuel und mir werden?

Die Monate vergingen wie im Flug, dann war es Zeit für den Gletscher-Marathon: Nur ein Jahr später, doch dieses Mal war ich mittendrin, anstatt nur dabei! Ich nahm mir vor, glücklich und lachend ans Ziel zu kommen, nichts konnte mich aus meiner inneren Mitte bringen. Einen handverlesenen Fanclub hatte ich dabei: Meine Eltern, meine Schwester, zwei Freundinnen. Manuel war nicht mit von der Partie. „Tut mir leid. Genau an diesem Wochenende habe ich unaufschiebbare Termine in Polen", hatte er gesagt. Das tat richtig, richtig weh: Weit mehr als quälendes Seitenstechen oder Wadenkrämpfe.

„Fragst du dich nicht, was eure Beziehung noch wert ist, wenn dein Partner an so einem Tag nicht dabei ist?", fragte meine Schwester, als wir die Serpentinen des Pitztals hinauffuhren.

Sie hat ja so recht. Nach dem Marathon mache ich definitiv Schluss. Und bis dahin: Raus aus meinen Gedanken, du Vollpfosten!

Leider kann ich Ärger und Frust nicht so leicht abstreifen wie meine Laufschuhe: Ich war maßlos enttäuscht.

Noch dreißig Sekunden bis zum Startschuss! Nervös brachte ich mich in Position, rückte mein Baseball Cap zurecht, schickte ein letztes Stoßgebet in den bewölkten Junihimmel. Es war ein kühler, frischer Morgen, ein leichtes Windchen streichelte über mein Gesicht und kühlte mir die aufgeregten Wangen.

Dann fiel der Startschuss, *go, go, go* – alles fühlte sich richtig und überraschend normal an. Ich bekam sofort Kontakt zum Asphalt. Atmete ruhig und gleichmäßig, bis die innere Anspannung nachließ und ich meinen Rhythmus gefunden hatte. Alles gut!

Die ersten zehn Kilometer waren schon geschafft, als ich meine Groupies am Straßenrand entdeckte.

„Nadiiiiiine, lauf, lauf schneller!"
„Du kriegst die Kenianer!"
„Wir essen pünktlich!"

Sie schrien durcheinander und klatschten sich die Hände wund. Links neben ihnen hielt ein Unbekannter ein türkisfarbenes Plakat hoch: *Nadine, du schaffst es!*

Es war, als habe mir jemand den Boden unter den Füßen weggezogen, mein souveräner Laufstil geriet völlig aus dem Takt. War das etwa eine Botschaft für mich? Nach kurzem Schlingern gelang es mir, mich wieder auf die Strecke zu konzentrieren. Da! Im Augenwinkel registrierte ich einen Läufer neben mir, der das gleiche Cap, das gleiche Shirt trug wie ich. Ganz offensichtlich versuchte er mehrmals, Blickkontakt mit mir aufzunehmen. Aus einem untrüglichen Gefühl heraus tat ich ihm den Gefallen.

Es war Manuel. Oder jemand, der exakt so aussah und lächelte wie er.

Das glaube ich jetzt nicht. Muss ein Doppelgänger sein. Der ist doch in Polen!

Ich setzte gerade zur ersten Frage an, als mich mein neuer Laufpartner ansah und schweigend den Zeigefinger auf seinen Mund legte.

Bei Kilometer 15 setzte feiner Sprühregen ein und vernebelte mir die Sicht. Trotzdem entdeckte ich schon von weitem ein neues türkisfarbenes Plakat, gehalten von einem weiteren Unbekannten:

Nadine, du bist Spitze! Ich liebe dich! Fassungslos blickte ich nach rechts. Manuel schwieg.

Bei Kilometer 25 hatte sich eine Frau positioniert, die das dritte türkisfarbene Plakat in die Höhe hielt: *Nadine, gib alles! Mit dir laufe ich bis ans Ende der Welt!*

Als ich wieder nach rechts schaute, war Manuel verschwunden. Viel Zeit für große Gefühle blieb mir nicht, jetzt ging der Run in die entscheidende Phase. Obwohl Manuel nicht eine einzige Silbe mit mir gewechselt hatte, fehlte er mir, sehr sogar. Ich fühlte mich verlassen, verloren, verwaist. Mehrmals drehte ich mich nach ihm um, er blieb wie vom Erdboden verschluckt. Ich wischte mir zwei Tränen vom Gesicht und einen Marienkäfer vom Ellenbogen:

Ist Manuel deshalb immer so spät nach Hause gekommen, hat er abends heimlich trainiert? War er deshalb immer so fertig? Er muss auch in Polen trainiert haben! Warum ist mir nie etwas aufgefallen?

Bei Kilometer 30 duschte es kräftig, der Regen rann mir übers Gesicht, mein Cap war völlig durchnässt. Hoffnungsvoll graste ich den Straßenrand nach einem türkisfarbenen Plakat ab: Vergeblich. Auch bei Kilometer 35: Fehlanzeige.

Manuel, wo bist du?

Kein Marathonläufer wird zum Ende hin langsamer, nur weil er die tolle Stimmung im letzten Streckenabschnitt so lange wie möglich genießen will. Auch ich nicht! Auch ich teilte das gemeinsame Schicksal der meisten Läufer: Verdammt harte letzte 10 bis 12 Kilometer. Aber wo Schmerz ist, da ist auch Leben! Jetzt hieß es, die letzten Reserven gut einzuteilen. Mein Mund war ausgetrocknet, meine Zunge fühlte sich an wie Schmirgelpapier, meine Augen brannten, jeder einzelne Muskel wimmerte. Ich dachte an den Marienkäfer, meinen kleinen Glücksbringer, den ich nach Kilometer 25 so achtlos weg gewischt hatte.

Endlich war die Zielgerade in Sicht! Pünktlich zum großen Finale riss der Himmel auf, eine zaghafte Sonne bahnte sich ihren Weg durch die Wolken. Meine Fangemeinde jubelte, feuerte mich frenetisch an. Ich beachtete sie kaum, weil ich nach einem türkisfarbenen Plakat inmitten des Zuschauermeeres Ausschau hielt.

Wie aus heiterem Himmel tauchte Manuel wieder neben mir auf. Er lächelte erschöpft. „Nadine, hör mir zu! Wenn wir uns aufgeben, dann ist das, als ob wir jetzt, so kurz vor dem Ziel hinschmeißen! Lass uns noch einmal anfangen…" Dann stolperte er, stürzte und legte eine veritable Bauchlandung hin. Erschrocken stoppte ich.

Ich half ihm auf die zerschrammten Beine, er legte den Arm um meine Schultern und gemeinsam durchhumpelten wir im allerschönsten Spaziergängertempo die Ziellinie. Bravo-Rufe, anerkennende Blicke und Daumenhoch-Zeichen begleiteten uns: Wir beide waren wir die ungekrönten Sieger des Marathons.

Wir haben unser altes Leben hinter uns gelassen und sind zusammen ins Pitztal gezogen. Von meinem Schreibtisch aus sehe ich die verschneiten Berge, ich büffle gerade für die Abschlussprüfung zur Berg- und Skiführerin.

Und Manuel? Hat hier einen neuen Job gefunden, sich einen Home-Arbeitsplatz eingerichtet. Und versprochen, dass er sich um unsere Tochter kümmern wird, wenn ich als erste Trainerin für Trailrunning im Pitztal durchstarte.

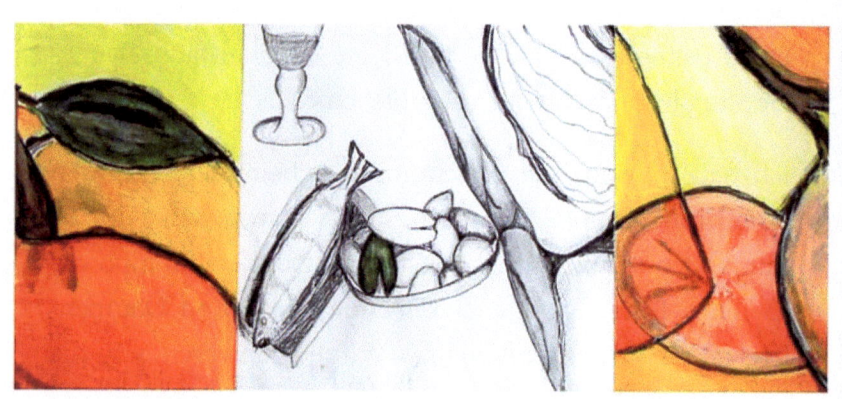

Juli   **Silke salzt nach**

Silke salzte nach. Dann spießte sie lustvoll ein vollreifes Tomatenachtel zusammen mit einem saftigen Stück Feta auf ihre Gabel und balancierte beides Richtung Mund, der in Erwartung einer mediterranen Geschmacksexplosion bereits halb offen stand.

Sie lehnte sich zufrieden seufzend zurück: „Ein Sauerbraten hat mein Leben verändert", dachte sie. „Diesem Sauerbraten habe ich viel zu verdanken, nicht zuletzt meinen Gourmeturlaub hier auf Kreta." Silke ließ ihren Blick über die Küste schweifen, am Horizont versank gerade die Sonne im Meer: Fast wie in einem kitschigen Film, nur real. Das gedämpfte Gemurmel der Hotelgäste auf der Terrasse, das Geschirrklappern, das Palavern der gut gelaunten Kellner: Fast zu schön, um wahr zu sein. Erst vorgestern war sie im „Kalimera Kriti" angekommen, einem Club der gehobenen Klasse am Rande des Fischerdorfes Sissi: Fast so erholt wie sonst nach drei Wochen fühlte sie sich.

Und morgen begann das große Kochevent!

Es schien schon Lichtjahre her, als Björn ihr Anfang Juli den Reiseprospekt auf den Schreibtisch gelegt hatte. „Gönn' deinem Kopf mal eine Pause, Silke! Wie wäre es mit einer Woche auf Kreta? Ende Juli?

Ich leite dort ein Kochevent in einem super Hotel. Und fände es ganz toll, wenn du mich begleitest. Sag einfach ja – den Rest erledige ich!" Silke tauchte hinter ihrer Excel-Tabelle auf und runzelte die Stirn. Schließlich nahm sie den Flyer in die Hand:

„Sie lieben geselliges Essen und Trinken? Sie lernen gerne neue Menschen kennen, die Ihre Leidenschaft teilen? Sie interessieren sich für die Raffinesse der edlen Mittelmeerküche? Auf Kreta erleben Sie eine einmalige Kombination aus Kochkurs und Weinprobe, bei der Sie ganz automatisch zum Gourmet und Connaisseur werden..."

Da war sie wieder, ihre spontane Begeisterung für prickelnde Ideen! Silke war elektrisiert bis in ihre gepflegten Fingerspitzen. „Jetzt eine Woche am Meer, das wär's. Aber ob ich die genehmigt bekomme? Es sind schon einige Kollegen weg, schließlich ist Urlaubszeit..." Ihr Blick durchbrach sehnsüchtig die Glasfront des Großraumbüros, hinaus in den wolkenlos blauen Julihimmel. Seit Tagen quälte die dritte Hitzewelle des Sommers all diejenigen, die nicht in die Kühle eines Sees, eines Schwimmbeckens, einer Regentonne eintauchen konnten.

Die Fensterfront hatte zwar Jalousien, das Büro jedoch keine Klimaanlage: Zusammen mit der Hitze der Rechner bauten sich am Nachmittag tropische Raumtemperaturen auf, die allen ein rundum feuchtwarmes Körpergefühl bescherten.

Silke dampfte aus jeder Pore, ihre Kleidung war durchgeschwitzt, ihre Unterarme klebten wie zäher Kaugummi auf dem Schreibtisch.

Wenn man 80 Prozent seiner Arbeitszeit am Computer, am Telefon und in den Social Media verbringt, dann verliert man zwangsläufig den Bezug zu Frischluft. Silke wurde verschlossener, verkopfter und war ein wenig zur Einzelgängerin mutiert, obwohl sie eigentlich ein geselliger Mensch war. Anregende Gespräche mit inspirierenden Gesprächspartnern in kultivierter Umgebung, dafür war sie immer zu haben! Besonders hingezogen fühlte sie sich von jeher zu allen Themen rund um Esskultur, Kochen und Lebensmittel. Schon als Kind hatte sie mitgekocht, sie erinnerte sich gern an die Küche aus Kindheitstagen, ihren Stuhl mit dem roten Kissen am Holztisch.

Vor vier Monaten hatte sie als Purchasing Managerin bei einem Online-Gourmet-Versand angefangen. Man hatte ihr bald komplexe Aufgaben übertragen, weil sie gewissenhaft und genau arbeitete. Nie übersah sie ein wichtiges Detail. Nur in zwei Punkten war sie kauzig: Silke hasste Angebereien und Zeitverschwendung. Wenn keine Effizienz, kein Plan, kein Ziel, keine Struktur in den Abläufen war. Wenn ihre Leistung nicht gesehen wurde, weil andere sich besser verkauften, sich maßlos überschätzten oder von Kompetenz faselten, obwohl dies eindeutig nicht stimmte. Dann wurde sie ungenießbar.

Deshalb war das Chaos in der Firma anfangs eine echte Provokation für sie. Alles war im Aufbau, jeder im Umbruch. Die Zeichen standen auf Expansion, kein Stein blieb auf dem anderen: Auch das geplante Food-Studio auf der gleichen Etage war noch Baustelle. „Was habt ihr denn damit vor?" fragte sie eine Kollegin. „Der Chef will einen Koch einstellen, dann werden hier Videos gedreht, die auf YouTube hochgeladen werden. Als Cross-Marketing-Maßnahme. Und natürlich soll es Events geben, unsere Kunden können die Location hier samt Koch für private Anlässe buchen."

Zwei Monate später zog Björn in das elegante, neue Food-Studio ein. Er war Koch mit Leib und Seele, das sah man ihm an. Mit seinen andeutungsweise rundlichen Formen stand er in wohltuendem Kontrast zu den klaren Linien, der eckigen, kühlen Gesamtanmutung der Kochinsel. Seine knubbelige, weiche Nase und der üppige Mund deuteten an, wofür er im Leben stand: Genuss pur!

Silke fühlte sich geschmeichelt, als der Chef sie offiziell zur Social-Media-Beauftragten ernannte. Endlich erkannte er, was in ihr steckte! Jetzt hatte sie täglich mit Björn zu tun. Sie fand ihn sympathisch, weil er humorvoll und menschlich mit allen umging. Mehr nicht. Sie sah ihm gerne in die gutmütigen, grünen Augen, wenn sie am brandneuen Esstisch mit den drei markanten Designer-Hängeleuchten saßen und Details der Kochvideos besprachen. Mehr nicht.

„Komm jetzt, auf geht's! Wenn du schon in den Medien postest, dann solltest du wenigstens wissen, wie man Schalotten in feine Ringe schneidet und Zucchini würfelt!" Dank ihrer feinen Antennen und einer lockeren Sicht auf Neuland gelang es Silke ansonsten schnell, ihre Unsicherheit wegzusprudeln und mit einem charmanten Augenzwinkern aufzulösen. Dennoch war sie extrem nervös gewesen, als sie zum ersten Mal mit Björn zusammen gekocht hatte. Sie wusste nicht, wie sie sich in dem neuen Food-Studio bewegen sollte. Stand ein wenig verkrampft herum, mit gekreuzten Beinen. Verschränkte die Arme vor ihrer Brust. Die ganze Anspannung war unnötig, wie sich schnell herausstellte.

Am nächsten Morgen entdeckte sie eine rote Marzipanrose auf ihrem Schreibtisch.

„Es gibt vier Säulen in der feinen Küche", hatte Björn doziert. „Erstens muss es köstlich schmecken. Zweitens muss es schön aussehen, es soll so ästhetisch und leicht auf dem Teller liegen, als käme es gerade aus dem Paradies. Also perfekt, aber auf keinen Fall steril. Das Perfekte muss man spüren! Als drittes brauchst du Kreativität, jedes hervorragende Gericht sollte eine kleine Überraschung haben, irgendetwas Neues, sonst kommt man beim Kochen nicht weiter. Und viertens: Die Gerichte müssen eine Geschichte erzählen."
„Eine Geschichte?", fragte Silke.

„Ja, vielleicht stammen alle Zutaten des Gerichtes von einem Bauernhof. Oder es handelt von deinen Kindheitserinnerungen. Wie der sensationelle Schokoladenkuchen zu meinem Geburtstag. Ganz ohne Mehl, nur mit geriebener Bitterschokolade, Zucker, Eiern, Fett und Nüssen!"

„Eine Katastrophe nach heutigen Maßstäben. Von wegen vegan!" Silke grinste:

„Hat aber sicher göttlich geschmeckt... Mein Geburtstagsessen war Sauerbraten. Ohne Rosinen. Mit selbst gemachten Spätzle!"

Björn legte den Kopf schief und grinste zurück: „Ich habe eine grandiose Idee: Nächste Woche produzieren wir doch Videos mit Wintergerichten. Wie wäre es mit Sauerbraten? Ohne Rosinen. Mit selbst gemachten..."

„... Spätzle! Cooooool!"

Nach dem Sauerbraten waren sie beste Freunde, kulinarisch verbandelt sozusagen. Am nächsten Morgen stand ein Tellerchen mit kandierten Rosenblättern neben ihrer Tastatur.

Nach dem Abendessen schlenderte Silke an der Hotelrezeption vorbei, eine Gruppe angeregt plappernder Gourmettouristen wartete dort auf den Check-In. „... bin ich ja mal gespannt auf das mediterrane Menü", „... eine tolle Weinprobe in der Toskana...", „...einmal Moosflechten in Nordschweden essen...".

Oh je! Lauter Profi-Leckermäuler! Das konnte ja heiter werden.

Als Björn die Feinschmeckertruppe später am Abend im Konferenzraum begrüßte, wusste sie sofort, mit wem sie *nicht* in eine Kochgruppe wollte: Mit der schwäbischen Super-Hausfrau und dem größten Weinkenner aller Zeiten aus Freiburg. Mit dem Rest konnte sie sich sicher arrangieren: Von der ehemaligen Zahnärztin bis zum ambitionierten Banklehrling, alle Altersklassen waren vertreten.

„Morgen gehen wir zusammen einkaufen, auf einen typischen Markt. Übermorgen stellen wir unser mediterranes Buffet her, das wir dann am Abend gemeinsam genießen werden. Ich hoffe, ihr seid einverstanden, wenn wir uns alle duzen." Zustimmendes Gemurmel. „Ich habe das Küchengeschwader zum Dinner eingeladen, als Dankeschön, dass wir die Küche mit benutzen können. Außerdem soll ja von unserem Festmahl nichts übrig bleiben. Ist das okay für euch?" Björn zählte bereits Köpfe.

„Das geht prima auf! Drei Teilnehmer für die Vorspeisen und den Zwischengang, vier für die Hauptgänge und zwei für die Desserts. Und das Los soll entscheiden, wer sich zu welchem Gang in der jeweiligen Kochgruppe zusammenfindet. So lernt ihr euch auch am schnellsten kennen! Fangen wir an mit den Vorspeisen: Ich habe außergewöhnliche Rezepte für euch gewählt, Leckerbissen, die ihr sicher noch nicht kennt. Zum Beispiel Polenta-Fladenbrot... Päckchen aus Rucola, Frisée und Rotem Romana mit Limonen-Champagner-Vinaigrette, Parmesan Panna Cotta, Crostini mit Tomatenmarmelade und Schinken, Fenchelsalat mit kandierten Mandeln und Zitrus-Vinaigrette, ein Maronensüppchen mit Madeira und karamelisiertem…."

Lustvolles Stöhnen durchwogte die Teilnehmer, die erwartungsvoll auf Björns Kochmütze starrten, aus der er nun drei Zettel zog: „Um die Vorspeisen kümmern sich Eva, René und… Silke!" Wer waren Eva und René?

Silkes Blick wanderte zwischen den Teilnehmern umher, bis er auf zwei Augenpaare traf, die ebenso suchend unterwegs waren. Die trutschige Schwäbin mit patenter Kurzhaarfrisur und Hausfrauenhänden. Und, damit nicht genug: Der arrogante „Gröcaz", der sich selbst für den größten Connaisseur aller Zeiten hielt. Silke seufzte tief. Ausgerechnet die beiden!

Später, als die Kochgruppen ausgewürfelt waren, saß man bei einem Drink auf der Terrasse. „Die Meeresfisch-Variationen würde ich gerne übernehmen, denn die marinierten Ravioli mit Streifenbarschfüllung brauchen doch etwas mehr Fingerspitzengefühl", eröffnete René das Gespräch mit gespitzter Kennerschnute. Er streichelte dabei selbstgefällig seine schwach ausgeprägte Kieferpartie; über den Doppelkinnansatz täuschte auch der modische Dreitagebart nicht hinweg. „Also ich übernehme liebend gerne den geröschteten Butternut-Kürbis mit mediterranen Gewürzen und Cranberries. Wisset err, wir henn nämlich Kürbis im Gardder, die senn greeßer als Abborddeggl! Mit Kürbisrezepten kenn ieh mie aus!". Eva zog mit vor Aufregung roten Backen nach. Oder war es der Cocktail?

„Tja, dann bleiben noch die Appetizer und der Salat. Soll mir recht sein…" ergänzte Silke und machte gute Miene zum bösen Spiel. Sie sprang über ihren eigenen Schatten, dabei half der Alkohol, der ihre Zunge lockerte: „Schon als Kind habe ich gern in der Küche geholfen, meine Mutter hat ihre Zutaten auf dem Markt eingekauft. Convenience kam uns nicht ins Haus! Damals habe ich natürlich nicht verstanden, warum ich Haselnüsse zerkleinern musste, wenn sie Kuchen backen wollte. Warum wir nicht Fertig-backmischungen kauften, wie andere auch."

„Wenn Menschen saget, sie interessieren sich ned für Essen, dann ist das für mie so, als wenn jemand sagt, die Natur ist ihm wurscht. Ich koch intuitiv, ohne viel nach-z'denker. Das ist ebbes sehr Natürliches und Kreatives. Ohne viel Wissen, oifach Learning by Doing!" sagte Eva.

„Genau! Ich bin immer wieder überrascht, wie weit einen die Sinne beim Kochen bringen, ganz ohne Rezept. Und manche Garpunkte kann ich riechen: Wenn die Zwiebeln nussig, butterig und leicht karamellig duften, dann sind sie gut!", verriet René.

„Ich kann hören, wie hoiß das Fett in der Pfanne ist, wenn ich mit dem Rücken zum Topf stehe", fügte Eva stolz hinzu.

Silke kam die Galle hoch. Zwei Schaumschläger, Wichtig-tuer, Sprücheklopfer: Die beiden gingen ihr gehörig auf den Wecker, sollten sie doch erst einmal beweisen, dass ihr Geschwätz Substanz hatte! Sie hielt sich mit fundiertem Allgemeinwissen über Wasser.

„Man sagt, Köche kümmern sich gerne um das Wohl der anderen und vergessen dabei sich selbst. Habt ihr gewusst, dass viele Top-Köche Burn-outs haben? Und dann die Drogenprobleme! Ein Spitzenrestaurant muss ja alles möglich machen, Hochzeiten, Bankette, Sonderwünsche... den Stress, jeden Tag, die Schichtarbeit..."

Nach dem dritten Sundowner fand Silke ihre Kochpartner endlich erträglich. Wie gut, mit zwei routinierten Praktikern in einem Team zu sein! Denn die gelebte Praxis am Herd, die fehlte ihr: Im Berufsalltag hatte sie nur theoretisch mit Lebensmitteln zu tun. Sie analysierte Zielgruppen und Umsätze, pflegte das Backend des Online-Shops, verhandelte mit Lieferanten und Erzeugern. Sie schubste Excel-Tabellen hin und her, berichtete beim Montagsmeeting und war mit ihren 28 Jahren bereits die linke und rechte Hand ihres Chefs. Aber ein wenig abstrakt war das alles schon. Im Bett überlegte sie sich, in welcher Reihenfolge sie ihre Appetizer zubereiten wollte und entschlummerte zuversichtlich.

Frustriert rollte Silke den Blätterteig aus und stach viele Male heftig auf ihn ein. Damit sich keine Luftblasen bildeten, das hatte Björn ihr erklärt. Aber die Gabelstiche waren für sie wie ein Ventil, um ordentlich Dampf abzulassen. Eva und René hatten sich festgequatscht und schwafelten seit gefühlt zwei Stunden über Qualität und Reifegrad der Strauchtomaten, anstatt endlich ein Messer in die Hand zu nehmen!

Sie rochen und schmeckten rote, leicht reife Johannisbeeren, ja sogar Heidekraut. Und rangen selbst den laschesten Fleischtomaten aus dem Supermarkt daheim noch eine versteckte grün-grasartige Note ab. Beim Blick auf die Uhr kochte Silke innerlich. Wie sollten die beiden ihre Vorspeisen überhaupt noch fertig bekommen? Es war bereits früher Nachmittag, und um 17.00 Uhr sollte das ganze Buffet stehen. Um sie herum wuselten die anderen Teilnehmer, jeder wusste, was wann zu tun war. Alle Arbeitsplätze waren belegt. Es wurde hingebungsvoll blanchiert, behutsam glasiert, liebevoll gratiniert, sorgfältig mariniert, flink sautiert.

Und inmitten der ganzen Betriebsamkeit gondelte Björn umher, umsichtig, die Ruhe selbst. Er lobte, nickte, gab Tipps, demonstrierte und erklärte.

„… bei allen roten Gemüsen kannst du beim Kochen ein wenig Essig dazugeben, dann kommt das Rot noch besser heraus. Ja, auch bei roten Karotten, natürlich bei Rotkohl, roten Beeten… Für deine Geflügelbrust nimmst du den Ziegenkäse, die gerösteten Paprikaschoten und schiebst alles unter die Haut, dann grillen. Klar, Chili geht auch… Sahne für Soßen nie mehr als 40 Prozent einkochen, sonst flockt sie aus… Gib mir mal dein Messer. Den Salat schneidest du am Strunk ein bisschen ab und setzt den Kopf im Ganzen in handwarmes Wasser. Der saugt sich jetzt richtig voll und hält sich im Kühlschrank noch zwei Wochen, wenn es sein muss…"

Offensichtlich interessierte es Björn nicht die Bohne, dass Silkes Kochgruppe deutlich in Verzug war.

Es war unerträglich warm und feucht in der Küche, wie in einem Brutkasten. Silke lief der Schweiß in kleinen Bächen über das Gesicht. Sie schob ihren Blätterteig in den glühenden Backofen. Dann wischte sie sich mit der Hand über ihre Stirn und verschnaufte so lange, bis sich dieser goldgelb in die Höhe hob. Jetzt musste sie schnell sein: Raus aus dem Ofen und ruck-zuck mit einem Wasserglas Kreise in den noch warmen Blätterteig drehen und auskühlen lassen.

Beim nächsten Blech nahm das Unheil seinen Lauf. Silke war im Stress. Darüber vergaß sie, die Topfhandschuhe anzuziehen. Plötzlich roch es nach verbrannter Haut und als Silke das Backblech schreiend fallen ließ, war es totenstill in der Küche.

Sie lag auf der Behandlungsliege der Arztstation und starrte an die Decke. Beide Hände waren dick bandagiert, das Schmerzmittel begann zu wirken. Sie war glimpflich davon gekommen, aber mehr als einen Soßentupfer oder ein Sprenkelmuster aus Balsamico-Creme würde sie heute nicht mehr schaffen. Eigentlich konnte sie jetzt packen und heimfliegen, der Urlaub war gelaufen. Das hatte ihr verdammtes Zeitmanagement ihr also gebracht! Weil sie auch immer alles perfekt machen musste.

Und sich dann auch noch für andere verantwortlich fühlte, wie für Eva und René. Dabei konnte es ihr doch piepegal sein, ob die beiden ihre Vorspeisen fertig bekamen.

Leise öffnete sich die Tür und Björn schob sich ins Zimmer. In einer Hand hielt er eine Kamera, in der anderen ein Tablett mit fünf duftenden, weiß-rosa gestreiften Marzipanrosen. „Die sind von uns allen, mit unseren besten Wünschen. Wir fragen uns natürlich, ob du bis heute Abend wieder soweit fit bist? Silke, meinst du, du kannst bis dahin eine Kamera halten? Und das Buffet und das Dinner in allen Facetten fotografieren?" Silke starrte ihn verständnislos an: „Wozu das denn?" Björn setzte sich. „René und Eva sind keine Teilnehmer wie die anderen. Sie schreiben für einen der besten Foodblogs."

„Und was bedeutet das?"

„Wenn wir den beiden tolle Fotos liefern können, dann kommt der Beitrag doch viel griffiger rüber. Und ich dachte, du als Social-Media-Beauftragte… du hast damit Erfahrung und auch noch Spaß an sowas."

Silke lächelte unergründlich und ihre Augen funkelten. Dann nickte sie. „Das müsste gehen. Ich bin um 17.00 Uhr im Bankettraum und fotografiere in Ruhe die Gerichte, bevor die hungrigen Mäuler über sie herfallen!" Björn drückte ihr einen feuchten Kuss auf die Wange, warf ihr beim Hinausgehen einen dankbaren Blick zu und zog die Türe leise hinter sich zu.

„Das schmeckt ja wie Arsch und Friedrich. Hier fehlt Salz. *Viel* Salz!" murmelte Silke, bewaffnet mit dem größten Salzfass der Hotelküche. „Die Ravioli vom Streifenbarsch sind sowas von langweilig! Und der Curry-Butternut Kürbis, fad wie kalter Kaffee…"

Silke salzte nach. Dann fotografierte sie professionell, fast liebevoll alle Speisen, die ihr auf dem Buffet entgegen lachten. *Rache ist Blutwurst*, dachte sie, als sie das Salzfass zurück auf seinen Platz stellte.

„Zum Glück bringe ich ja einiges an Kocherfahrung mit, deshalb waren die Ravioli mit Streifenbarschfüllung keine allzu große Herausforderung für mich", plusterte sich René auf. „Und ich darf in aller Bescheidenheit hinzufügen, das Gericht ist mir gelungen. Greifen Sie zu!"
„Auch der Kürbis isch legger, ährlich! Beschte Zutaten, subdiehl gewürzt! Wisset se, ma endwiggelt a Gefühl für die Gewürzmenge, wenn man des über die Daumenwurzel in de Dopff riesle lässt. Probieret se!" sagte Eva mit stolz geschwellter Brust.

Silke gelangen großartige Schnappschüsse, als das Buffet eröffnet wurde. „Das warst du!" Björns Gesicht war granatapfelrot. „Stimmt's?"
„Meine Hände brennen wie Feuer." Silke verließ den Bankettsaal, ohne sich noch einmal umzudrehen.

Am nächsten Morgen saß Björn bereits am Laptop. Er scrollte über die Fotos, als Silke den Speisesaal betrat und zog einen Mundwinkel nach oben, ein halbes Lächeln. „Ein paar davon können wir verwenden", sagte er, ohne sie anzusehen. Silkes Finger strichen vorsichtig die Tischkante entlang. Näherten sich Björns rechter Hand, die auf der Maus lagen. „Du musst Schmerzen gehabt haben gestern. Danke für deinen Einsatz!"

Jetzt hob er sein Kinn und sah ihr kühl in die Augen. Als er aufstehen wollte, drückte ihn Silke zurück auf den Stuhl. Die Terrassentüre stand offen, nur ein paar tschilpende Spatzen waren zu hören, und eine Katze, die maunzend um Futter bettelte. „Ich danke dir", sagte Silke leise. „Für die wundervollen Marzipanrosen." Wieder wollte Björn aufstehen, aber etwas in Silkes Blick hielt ihn zurück. Er atmete flach.

„Ich wusste wirklich nicht…" Silke stockte. Dann nahm sie die Hand von seiner Schulter. „Ich wusste wirklich nicht, was ich meinem Schatz mitbringen sollte aus Kreta."
„Deinem Schatz?"
„Ja", sagte sie. „Meiner Lebenspartnerin." Björn sackte in sich zusammen. „Weißt du, sie liebt Rosen. Und sie liebt Marzipan."

Die Katze war hereingeschlichen und machte eine Acht um Björns Füße. Sie miaute nicht mehr, sondern bettelte stumm. „Wirklich?" Björn setzte sich gerade hin. „Marzipan ist altmodisch. Niemand mehr mag Marzipan! Ich habe ein Menü kreiert mit Trüffeln und Marzipan, aber niemand…"

„Doch", sagte Silke. „Julia. Sie liebt Marzipan."

August Der richtige Riecher

Ich weiß, was ich tun muss, wenn es mir schlecht geht, wenn ich nachdenken muss, wenn mir das Leben mit seinen Zumutungen zuviel wird: Mit einem kühnen Kopfsprung tauche ich ein in das kühle Wasser des Beckens. Schwimmen, einfach losschwimmen.

In den vierzig Jahren meiner Schwimmerlaufbahn habe ich an die 20.000 Kilometer zurückgelegt, das ist in etwa 25 Mal die Strecke München – Prag und zurück. Solche Rechnungen stelle ich an, wenn ich abtauche in meine stille, blaue Welt. Bahn um Bahn kraule ich dahin, höre nur die blubbernden Geräusche meines eigenen Atems. Es ist faszinierend zu spüren, wie schnell ich aus eigener Kraft vorwärts komme, wie sich Freiheit in mir ausbreitet. Am schönsten ist es gleich morgens um sieben, wenn das Wasser wie ein Spiegel vor mir liegt, wenn es noch niemand durch sportlichen Übereifer in Aufruhr versetzt hat. Schwimmen ist viel mehr als Kacheln zählen, für mich ist es Meditation pur: Das elegante, schwerelose Dahingleiten unter Wasser macht mich glücklich. Unter Wasser löse ich meine Probleme und die der anderen, durchdenke, was den Planeten im allgemeinen und mich im besonderen zusammenhält, schreibe geistig Einkaufszettel, To-Do-Listen, Kundenbriefe.

Nach einer Stunde tauche ich zutiefst erfrischt wieder auf, Körper, Geist und Seele sind rundum gereinigt, der Tag kann kommen.

Der Sommer neigte sich seinem Ende zu, eine kraftlose Sonne schob sich durch ein weißes Wolkenband. Sie gab ihr Bestes, um mich bei jedem zweiten Schlag in Stimmung zu bringen. Mich noch glücklicher zu machen, als ich es ohnehin war, an diesem 30. August. Morgen würde ich in Begleitung meiner Schwester Lucía nach Prag fahren. Endlich! Viele hundert Schwimmkilometer hatte ich mich innerlich auf meine Nasenkorrektur vorbereitet. Jetzt packte mich doch die Angst und ich verfluchte meine eigene Courage. Was hatte mich nur geritten? Aber meine Entscheidung stand fest.

Es würde ein Schlachtfest werden. Zum Glück würde ich unter Vollnarkose nichts davon mitbekommen: Zuerst wird das Nasenbein gebrochen. Mein Chirurg würde wahrscheinlich durch die Nasenlöcher operieren, um den Nasenhöcker abzufräsen. An der Nase ist ein Millimeter sehr viel, deshalb nimmt man dort mit speziellen Meißeln und Feilen vorsichtig etwas vom Knorpel ab. Zum Schluss würde die Position meiner Nasenspitze korrigiert, denn ohne diese Korrektur sähe die Nase hinterher unnatürlich lang aus. In zwei Stunden sollte alles über die Bühne gehen. Danach noch eine Nacht in der Klinik, dann könnte ich wieder nach Hause. Mein Schwimmbad würde allerdings eine ganze Weile lang tabu für mich bleiben, das war der einzige Haken an der Sache.

Apropos Haken: Es war nicht die Größe meiner Nase, sondern ihre Form, die mich störte: Meine Nase wölbt sich nach außen wie eine Sichel, eine Hakennase mit Höcker, die ich von meiner italienischen Großmutter geerbt habe. Etwas von ihr ist auch in mir, von meiner Nonna habe ich einen gewissen Hang zum Chaos, eine bemerkenswert dauerhafte Kraft – und die Neigung, mir selbst im Weg zu stehen. Manche schwimmen mit dem Strom, andere dagegen. Beide Varianten habe ich in meinem Leben bis zum Exzess ausprobiert, aber meine Sehnsucht nach einer normalen Nase, die schwamm immer mit.

Ich bin auf eine Mädchenrealschule gegangen, dort wurde vor Unterrichtsbeginn immer gebetet, wir mussten dazu aufstehen. Ich fühlte mich beobachtet, wenn zwischendurch gekichert oder getuschelt wurde, das habe ich sofort auf meine Nase geschoben. „Scheiß-Nase", dachte ich, „alle lachen mich aus." Manchmal ist es nur ein einziger Moment, der den Unterschied zwischen Seelenfrieden und Säbelrasseln ausmacht, ein Moment, der das Leben für immer verändert: *Geierwally*, so hat mich eine Klassenkameradin in einem Streit unter Teenies genannt. Es war nur eine Frage der Zeit, bis die anderen mitmachten: Jetzt hatten sie etwas, das mich zutiefst verletzte. Daheim habe ich oft geweint, weil ich mit dieser Kränkung nicht fertig wurde. In der Pubertät hatte ich deshalb fürchterliche Minderwertigkeitskomplexe. Schwere Selbstzweifel plagten mich und ich wünschte mir inbrünstig, in der Naturlotterie noch einmal ein Los ziehen zu dürfen.

Alles, alles hätte ich akzeptiert, nur diese grauenvolle Nase nicht! Mein Gesicht betrachtete ich in dieser Zeit sicher mehr als hundert Mal am Tag: In Schaufensterscheiben, in Löffeln und in Taschenspiegeln. Nie fand ich mich schön genug, perfekt genug, gut genug. Ich wurde zum spröden, verkrampften Teenager.

Das änderte sich schlagartig mit fünfzehn, als Jonas in mein Leben trat. Er sagte lapidar: „Chiara, deine Nase stört mich nicht!" Und das war die absolut schönste Liebeserklärung, die mir je ein Mann gemacht hat. Jonas war im Schwimmverein. Ich wollte so oft wie möglich in seiner Nähe sein – und schwuppdiwupp war ich auch dabei. Mittlerweile bin ich 56, Jonas ist lange schon Geschichte. Aber das Schwimmen ist mir geblieben.

Gert, der Mann an meiner Seite, sammelt Münzen. Beim Sonntagsfrühstück mümmelte er einmal mit vollem Mund: „Kürzlich habe ich im Münzen-Magazin gelesen, dass Kleopatra *doch* nicht schön war, von wegen hübsche Nase! Britische Archäologen haben ein Abbild der Herrscherin auf einer Münze untersucht und festgestellt: Kleopatra hatte eine fliehende Stirn, ein spitzes Kinn, schmale Lippen und eine auffällige, kantige Nase."
„Aha", antwortete ich, „und trotzdem hatte sie so viel Charisma? Das wäre heutzutage sicher anders!" Gert belegte konzentriert sein zweites Salamibrötchen und dozierte mit tellerwärts gerichtetem Blick weiter:

„Nach dem Glauben der alten Ägypter war die Nase der wichtigste Punkt im Gesicht eines Menschen, sie hatte Symbolcharakter. Wenn man einer Statue die Nase abschlug, galt sie als vollkommen zerstört und hatte ihre Schönheit, ihren gesamten Wert verloren."

„Na, dann verstehst du ja vielleicht, wie ich mir sehr, sehr lange vorgekommen bin: Wertlos!"

Er brummte das Wort *Schnippelwahn* in seine Kaffeetasse und damit war das Thema für ihn erledigt. Gert hat viele Pluspunkte, aber psychologisches Fingerspitzengefühl darf man von ihm nicht erwarten.

„In Ihrem Alter wäre es an der Zeit, die inneren Werte zu verschönern, anstatt in Äußerlichkeiten zu investieren", sagte Dr. Bergmann und runzelte ungnädig die Stirn. „Aber das Äußere spielt immer eine Rolle, wie schon seit Jahrtausenden!", brauste ich auf. „Komischerweise sehen alle über die Korrektur von Segelohren hinweg, mit einer operierten Nase gilt man aber als eitel und oberflächlich. Wenn es mir aber zu mehr Lebensglück verhilft? Wenn es mein Herzenswunsch ist? Was spricht denn dagegen, in Würde, aber *schöner* zu altern?" Dr. Bergmann gab sich geschlagen und nannte mir die Adresse eines seriösen Schönheitschirurgen in der Innenstadt. „Jedem Tierchen sein Pläsierchen", entgegnete er. „Wer einmal angefangen hat…. Aber kommen Sie mir um Himmels willen nicht mit Daisy-Duck-Lippen oder einem Atombusen wieder!"

6.000 Euro für eine Nasenkorrektur in Deutschland! Nein, das überstieg mein Budget. Im Internet stieß ich auf eine renommierte Klinik in Prag, buchte einen Termin und überwies die Anzahlung.

Ein billiges Vergnügen ist es wirklich nicht, wenn man sich zu einem Komplett-Makeover entschließt, 20.000 Euro kann man ganz leicht loswerden. Und was da nicht alles möglich ist, ich sage nur: Letzte Hoffnung Skalpell! Hintern, Brüste, Lippen werden aufgepolstert, Augenlider, Bauchdecken und Oberschenkel gestrafft, Nasen, Kiefer und Wangenknochen umgeformt. Zum Glück ging es mir nie darum, zur Ballkönigin umoperiert zu werden. Niemals im Leben hätte ich mir die Hüfte brechen lassen, um eine schmalere Taille zu bekommen! Gerade nach einer Nasen-OP sollte man angeblich nicht so große Schmerzen haben. Nach zwei Wochen sollte man schon wieder gesellschaftsfähig sein, die Blutergüsse unter den Augen und die größten Schwellungen sollten dann weg sein. Und wenn die Operation gelänge, dann wäre ich doch an der richtigen Stelle eitel gewesen!

Wir waren unterwegs nach Prag, draußen flog Passau vorbei, drinnen saßen Lucía und ich. Wir redeten nicht viel, sie spürte meine Nervosität. „Einmal habe ich mich im Fasching als Mann verkleidet. Hui, die Veränderung hat nicht nur in meinem Gesicht stattgefunden. Sobald der Bart angeklebt war, hab ich mich anders bewegt, gleich den Macho gespielt. Es hat mir Spaß gemacht, als Mann für einen Tag.

Irgendwie habe ich mich selbstbewusster gefühlt."

„Die neue Nase verändert mich ganz sicher, auch innerlich. Bin gespannt, ob mich die Leute auch anders behandeln, mir andere Dinge zutrauen!", erwiderte ich. „Schließlich sitzt die Nase wie ein Ausrufezeichen im Gesicht, und jeder verbindet damit Eigenschaften. Und ich brauche dir wohl nicht zu sagen, was eine Hakennase in Deutschland…"

„Ich weiß. Jedenfalls wünsche ich dir eine sichtbare Verbesserung, ohne dass man denkt `Die hat was machen lassen´ Das wird die eigentliche Kunst sein…" Lucía musterte mich nachdenklich vom Beifahrersitz aus.

„Weißt du, *anders schön*, das sagt sich so leicht. Aber niemand steckt in meiner Haut und ich will dieses Kapitel endlich zuklappen. Ich habe mir diese Entscheidung wirklich nicht leicht gemacht…"

„Ich verstehe dich, Chiara. Wir optimieren uns doch alle mehr oder weniger. Und nicht jeder, der sich gesund ernährt oder viel Sport treibt oder eine Diät macht, hat gleich eine Störung. Solange du dich hinterher noch kennst und magst, ist deine Nasenkorrektur für mich genauso okay wie Muckibude oder Haare färben!"

Es blieb eine schweigsame Autofahrt, ich war aufgeregt und fröstelte. An der Raststätte Salmovská fuhren wir noch einmal raus, Lucía wollte zur Toilette, nur ganz schnell. Natürlich nahmen wir unsere Handtaschen mit, aber unsere Koffer ließen wir im Auto.

In meinem Koffer war sehr viel Bargeld, denn sowohl unsere Hotelübernachtung als auch die OP-Kosten sollten direkt an die Klinik fließen. Alles in bar.

Als wir zurückkamen, war das Auto weg.

Die beiden tschechischen Polizisten zuckten mit den Schultern, es war ein alltäglicher Vorgang für sie, denn in und um Prag macht eine große Zahl an Autodieben die Runde. Die brechen jedes Auto auf, auch Massen-Autos wie meinen VW Golf. Später brachten sie uns freundlicherweise zu unserem Hotel, das etwas außerhalb von Prag und direkt neben der Klinik lag. Die Silhouette der Stadt zog an uns vorbei, hoch oben leuchtete die Prager Burg majestätisch in der Abendsonne. Unten schlängelte sich die Moldau glitzernd unter den Brücken der Altstadt hindurch, Ausflugsdampfer mit bunten Wimpeln glitten auf ihr dahin. Unter anderen Umständen hätten wir dieses Panorama sicher genossen, aber nach solch einer Misere... Stumpf starrten wir vor uns hin. Wir waren taub für jeden Eindruck, stumm vor Schreck.

Die Klinik bedauerte das Missgeschick, aber ohne Geld weigerte man sich, mich zu operieren. Auch die Anzahlung, die ich bereits geleistet hatte, konnte sie nicht umstimmen, und auf die Schnelle ließ sich so viel Bargeld nicht auftreiben.

Also nahmen wir am nächsten Tag den Zug zurück nach München, verheult, erschöpft und frustriert.

„Ich suche mal den Speisewagen", sagte ich nach einer Weile zu Lucía. „Soll ich dir einen Kaffee mitbringen? Oder ein Sandwich?"
„Am besten beides!"

Am Take-away im Speisewagen war Hochbetrieb. Ich konnte mich kaum mehr auf den Beinen halten, setzte mich an einen freien Tisch und wartete darauf, dass die Schlange kürzer wurde. Plötzlich stahlen sich deutsche Satzfetzen mit tschechischem Akzent in mein Ohr: „… ist kein Problääm… Gestern an Raststätte Salmovská … Musst du einfach nur wartään, bis ältere Frauen kommen… gehen säähr oft zu OP nach Prag…" Ich lauschte elektrisiert und in einem geistesgegenwärtigen Moment nahm ich mein Handy. Ich drückte auf „Aufnahme starten" und schaute so unschuldig wie möglich in die Runde. Dann stand ich auf und stellte mich an, als sei nichts gewesen. Beim Weggehen schoss ich noch ein schnelles Foto.

Mit meinen beiden Beweisstücken suchte ich völlig konfus nach dem Schaffner. „Sprechen Sie deutsch?" „Ja, ein wänig… Kann ich hälfen?" Mit zitternder Stimme erzählte ich, was ich im Speisewagen gerade belauscht hatte, berichtete von unserem Autoklau gestern und zeigte ihm das Foto auf meinem Handy. „Ich informierä Europol", sagte er, „kommän Sie mit!"

In Domažlice, kurz vor der Grenze, stiegen zwei Europol-Polizisten zu. Noch einmal erzählte ich ihnen atemlos die ganze Geschichte.

Dann rannte ich zurück in unser Abteil, jede Zelle in mir vibrierte. „Lucía, du glaubst nicht…" Meine Schwester blinzelte mich verschreckt an. „Was ist los?", fragte sie mit schlaftrunkener Stimme. Sie hatte ein Nickerchen gehalten, während sich unsere Situation dramatisch gewandelt hatte! „Nein! Das glaube ich jetzt nicht, das ist ja wie im Krimi, noch besser sogar", kreischte sie völlig aus dem Häuschen. „Erst so ein Chaos, und dann diese Fügung!"

Vielleicht war es Fügung, vielleicht war alles Zufall – jedenfalls war die Festnahme der beiden Autodiebe erst der Anfang: Ein organisierter Autoknackerring, der klaute, plünderte und ausschlachtete, flog komplett auf.

Was aus meinem Auto wurde? Das war bereits unterwegs nach Bulgarien. Gott sei Dank, ich habe es wieder! Bis auf unser Gepäck und mein Bargeld, versteht sich. Was aus meiner Nasen-OP wurde? Aufgeschoben ist nicht aufgehoben! Aber ich schwöre hoch und heilig, den nächsten Anlauf nehme ich in Deutschland.

„Hat Ihre Vernunft also doch gesiegt",
stellte Dr. Bergmann hocherfreut fest, als ich mit meiner alten Nase in der Sprechstunde war. „Vorerst jedenfalls!", antwortete ich. „Aber die besten Entscheidungen beginnen selten mit Vernunft…"

Die Freibäder haben geschlossen, es ist September und ich schwimme in der Halle.

Wir haben einen neuen Schwimmmeister. Er hat die absolut abstehendsten Segelohren, die ich jemals gesehen habe. Und ein gutmütiges, weiches Gesicht mit wundervollen Augen, so blau und so funkelnd wie das Becken, wenn die Unterwasserscheinwerfer leuchten. Gestern habe ich am Beckenrand ein kleines Pläuschchen mit ihm gehalten. „Sie habän ein tolläs Profil und eine säähr wassärgerechtä Nasää. Kein Wundär, dass Sie so äläägant schwimmän!"

Karel hat Recht. Eigentlich ist meine Nase ganz schön, *anders schön* eben.

September   Wiesngaudi

Der Brief war am 26. August in der Post, er hatte sich zwischen einem Werbeprospekt für Polstermöbel und der Kreditkartenabrechnung versteckt. Es war ein gefüttertes Kuvert mit Sonderbriefmarke, abgestempelt in Bochum.

Vroni nahm es zögernd in die Hand, fühlte die Prägung des Kuverts, hörte es leise aus dem Inneren knistern. Dann drehte sie das Kuvert um und ihr Herz begann zu rasen, als sie den Absender sah: Joachim Großmann!

Sie las ein paar in Schönschrift geschriebene und sorgfältig formulierte Sätze auf edlem Büttenpapier: Aus Anlass des 50-jährigen Firmenjubiläums gebe es heuer einen Ehemaligen-Stammtisch auf der *Wiese*. (Sprachlich ein grober Schnitzer, denn der Münchner geht auf die Wiesn, nicht auf die *Wiese* und auch nicht auf die *Wiesen!*). Ob sie bitte (und dieses Wort war unterstrichen) dazu kommen könne, er erwarte sie am 30. September ab 16.00 Uhr im Hackerzelt. Es sei wichtig, so schrieb er.

„Was bildet der sich eigentlich ein?" Vroni schnaubte ins Telefon wie ein nervöses Pferd. „Das kann er sich abschminken, da gehe ich sicher nicht hin!" Kati hörte ihrer Freundin latent ungeduldig zu, denn über Großmann hatten die beiden schon oft geredet. Und jedesmal hatte sich Vroni geweigert, die vertraute Opferrolle aufzugeben.

Den Vorfall hatte sie stattdessen verdrängt: Dorthin, wo all das Unverdaute, Unbewältigte ruhte, mit dem sie im Leben nicht fertig wurde. Probleme, die sie nicht lösen konnte, Verwundungen, die sich nicht heilen ließen. Vronis Innenleben ging niemanden etwas an, nicht einmal sie selbst. „Natürlich gehst du da hin, Vroni! Das ist deine Chance, dich endlich von der alten Geschichte zu befreien. Du hast die Sache weggedrückt, weil es einfacher und bequemer war. Ich bitte dich, sei jetzt einmal mutig!" Kati hatte als Außenstehende einen klareren Blick auf die Dinge, vor allem aber hatte sie es gründlich satt, die Klagemauer zu spielen. Vroni hatte den Vorfall trotz vieler Debatten auf Eis gelegt, und dabei merkte sie nicht einmal, wie sie innerlich erfror. „Du hast noch einen ganzen Monat, um dich an den Gedanken zu gewöhnen, um dich vorzubereiten. Das schaffst du, und danach sagst du zu ihm: Pfiat di! Servus, mach´s guat!"

„Erzählmirnix... Du hast leicht reden, weißt du eigentlich, wie…" Vronis Stimme kippte.

„Kann ich mir gut vorstellen. Lass alles erst mal sacken. Dann schauen wir weiter."

Für Vroni als echtes Münchner Kindl war das Oktoberfest von Kindesbeinen an ein Highlight gewesen: Kaum schnupperte sie Wiesnluft, spürte sie ein Kribbeln der Vorfreude im Bauch. Ihr erstes Hendl hatte sie auf Omas Schoß gegessen, da war sie fünf.

Ihren ersten Kuss hatte sie in der Alpinabahn von einem bierseligen Italiener bekommen, da war sie vierzehn. Sie liebte die Wiesn, aber seit dem Vorfall war sie tabu.

Bei Großmann hatte sie von Anfang an ein mulmiges Gefühl gehabt. Ein arroganter Wichtigtuer war er gewesen, aber er war ihr Chef. Zuerst war es eine wie vergessene Hand an ihrer Taille oder ein nicht enden wollender Händedruck zum Geburtstag. Vroni versuchte, seine subtilen Annäherungen zu ignorieren, denn sie wollte keine Schwierigkeiten. Also schwieg sie. Und weil im Labor meist reger Betrieb herrschte, war sie so gut wie nie alleine mit ihm. Im Labor war sie sicher, dort konnte ihr nichts passieren.

Vroni war CTA – eine „Labormaus", wie sie ihre Freunde scherzhaft nannten. Neulich, beim Mittagessen in der Kantine, hatte eine Kollegin ahnungslos einen Small Talk begonnen: „Ich habe einen interessanten Artikel gelesen, stell dir vor: Labormäuse haben Angst vor männlichen Labormitarbeitern. Sie fürchten sich vor Männern, das ist bewiesen. Es liegt wahrscheinlich am männlichen Sexualhormon: Wenn Mäuse in ihren Käfigen sitzen und sich die Tür zum Labor öffnet, dann fallen sie in eine Schockstarre. Ganz still werden sie, wenn ein Mann den Raum betritt…"

Vroni legte ihr Besteck ab, murmelte etwas von „Termin vergessen" und stand ruckartig auf. Sie war selbst verblüfft von ihrer Reaktion.

Als sie später die nächste Versuchsreihe vorbereitete, arbeitete es in ihr. „Ich wusste von Anfang an, dass er ein Weiberschmecker ist, einer, der glaubt, ihm stehe das zu. Und jetzt, wie auf Knopfdruck, fahren meine Gefühle Achterbahn, und das mit fast 40…", dachte sie. Was Vroni ihm damals fast noch mehr verübelt hatte als den Vorfall selbst, das war sein Verhalten danach: Sie war Luft für ihn, er schaute einfach durch sie hindurch. Auch sie tat sich extrem schwer, fühlte sich auf eine diffuse Weise schuldig. Sie war sich bewusst, dass ihr rotblonder Wuschelkopf, ihr ansteckendes Lachen und ihre unkomplizierte Art viele Männerherzen höher schlagen ließen. Hatte sie Großmann, ohne es zu wollen, ermuntert? Hatte sie die falschen Signale gesendet?

Vroni ging ihm aus dem Weg und wurde rot vor Scham, wenn ein Gespräch unvermeidlich war. Nach einem knappen Jahr hatte Großmann gekündigt und war aus ihrem Leben verschwunden. Nicht aber aus ihren Gedanken und Gefühlen.

In den nächsten Jahren umschwirrten sie viele Interessenten. Aber sie war vorsichtig geworden, reagierte kratzbürstig auf jeden Annäherungsversuch. Bei ihren Freunden und Kollegen im Labor war sie die gute Seele, die gerne Spaß machte und gutmütig über die Fehler anderer hinwegsah, die Nette mit der guten Laune. Die Hilfsbereite, die mit anpackte und zuverlässig zur Stelle war.

„Vroni, du bist unsere Mutter der Kompanie!", witzelten ihre Kollegen. „Ohne dich wäre es hier so steril wie im OP-Saal…"

Der Brief lag eine Woche lang auf dem Küchentisch, sie rührte ihn nicht an. Immerhin, sie ließ den Gedanken an ein Treffen mit Großmann zu, war aber zutiefst hin- und hergerissen, denn sie fürchtete sich davor, was alles aus ihr herausbrechen könnte, wenn, ja *wenn* sie hinginge. Ihre Reaktion in der Firmenkantine hatte ihr überdeutlich vor Augen geführt, wie viel Wut, Schmerz und Aggressionen sich in ihr angestaut hatten.

Anbandeln, abtanzen, Alkohol in Strömen: „Wiesn ist nur einmal im Jahr!", das war ihr Motto gewesen, ganz egal, ob sie am Tag darauf arbeiten musste, ob sie zum fünften oder zehnten Mal draußen war. Niemals dachte sie an den nächsten Tag, sie lebte im Hier und Jetzt, ohne Gestern oder Morgen. Diese überschäumende Lebensfreude wollte sie wieder spüren. Fünf Jahre ohne Wiesngaudi waren es jetzt: Seit dem Vorfall war sie nicht mehr auf dem Oktoberfest gewesen. Doch ihr Wunsch hatte seinen Preis, denn dafür musste sie sich mit Großmann treffen. Das Kapitel endlich innerlich abschließen.

Vroni motivierte sich positiv. Sie dachte an den ersten Wiesnbesuch im Jahr, der immer am schönsten gewesen war. An das traditionelle Frühstück zuhause, zu dem sie seit vielen Jahren Kati einlud und bei dem sie ihr spezielles Freundinnen-Ritual miteinander zelebrierten:

Weißwürste mit süßem Senf, Brezn und Butter, eine kühle Halbe dazu. Wenn sie dann später am S-Bahnhof andere Leute in Tracht sah, schlug ihr Herz höher. Sie fühlte sich wie in einem Schwarm Zugvögel, alle waren miteinander verbunden, alle hatten das gleiche Ziel. Es war, als ob sie die Mauer des Alltags durchbrochen hätte und eintauchte in die Wiesn-Atmosphäre, in der sie locker war und Lebensfreude pur in sich hochsteigen fühlte. Davon war sie jetzt allerdings meilenweit entfernt, ihr war nicht nach Feiern zumute. Überhaupt war sie seit dem Brief wie durch den Wolf gedreht, konnte nicht mehr essen, nicht mehr schlafen, ihr Mund war wie ausgetrocknet. In Gedanken ging sie das Treffen wieder und wieder durch, durchschritt innerlich alle Schattierungen ihrer aufgewühlten Gefühle. Und landete am Ende wieder bei der Erkenntnis „Geh hin! Es ist deine Chance…" Schließlich konnte sie ihren inneren Schweinehund an die Kette legen. Aber was, wenn sie vor Angst oder Aufregung kein Wort herausbrachte?

Plötzlich kam ihr die Idee mit den Glupperln*, sie wollte unbedingt vorbereitet sein für den Fall, dass es ihr die Sprache verschlug.

*„Was in aller Welt sind denn Glupperl?" werden Sie sich vielleicht fragen. Glupperl sind Wäscheklammern aus Holz mit eingebranntem Namen oder witzigen Ausdrücken auf Bairisch, zum Beispiel „W.b.f.z.a.M" (Wer blöd fragt, zahlt a Maß) oder „Auf'brezelt" oder einfach „Vroni". Ein Glupperl wird ans Dirndl oder an die Lederhose gesteckt und ist ideal, um mit anderen ins Gespräch zu kommen.

„Du bist auf einem guten Weg, Vroni! Ich lasse dir deine drei Glupperln gravieren, gleich am ersten Wiesn-Samstag!", munterte Kati sie auf. „Am Haupteingang gleich links ist der beste Stand, was soll denn darauf stehen?"

Vroni antwortete:

„Wos wuist´n du?"
„Naa, i mog ned"
„Schleich di!"

Um ihre Aufregung in geordnete Bahnen zu lenken, bereitete sie ihre Kleidung vor: Sie polierte ihre Stiefeletten bis sie glänzten wie zwei schwarze Spiegel. Sie überlegte, welches ihrer vier Dirndl sie wohl am besten zusammenhielt, wenn sie die Fassung verlieren sollte. Schon eine Woche vor dem 30. September bügelte sie das elegante tannengrüne mit den Samtbiesen am Oberteil und den Silberknöpfen. Dazu die farblich abgestimmte Seidenschürze mit den feinen Streifen und eine schlichte, weiße Bluse ohne Klimbim. Im Dirndl fühlte sie sich automatisch fesch. Es hielt sie zusammen, gab ihr Kontur und Figur. Solange, bis sie sich nachts daheim auszog: Denn die Wiesn war wie Weihnachten, beides die großen Zeiten des „Zuviel" im Jahr.

Vroni erinnerte sich daran, mit welcher Begeisterung sie sich früher allen kulinarischen Verlockungen hingegeben hatte, am liebsten hätte sie den ganzen Tag nur Hendlhaut gegessen oder fette Bratensoßen mit Knödel. Das wäre theoretisch das ganze Jahr über möglich gewesen:

Aber *wo anders* und *wann anders* schmeckte es nicht so, es fehlte einfach das Wiesnflair. Auf dem Heimweg musste es unbedingt noch eine Käsekrainer mit Ketchup sein, oder sie holte sich Garnelen mit Knoblauchsoße bei der Fischer Vroni. Jedes Mal landete etwas auf ihrer Dirndlschürze, und die Flecken gingen nur sehr schwer heraus.

Auch die auf Vronis Seele wollten nicht weggehen. In ehrlichen Momenten gestand sie sich ein, dass ihr ein bisschen mehr Aufarbeitung des Vorfalls nicht geschadet hätte. Lange hatte sie niemandem etwas davon erzählt. Erst als Kati bei einem harmlosen Lokalbesuch aufgefallen war, dass sie komplett hysterisch auf kaputte Strumpf-hosen reagierte, hatte sie sich geöffnet. „Strumpfhosen gehen nun mal schnell kaputt, warum machst du deshalb so einen Aufstand?"
„Ich halte zerrissene Strumpfhosen an meinem Körper nicht aus, da bekomme ich Zustände. Kati, daran habe ich ganz scheußliche Erinnerungen…" Sie atmete tief ein, ent-ließ ihren Atem, zischend und stoßweise. Kati erkannte so-fort den Ernst der Lage. Sie legte einen Arm um ihre Freundin: „Du brauchst frische Luft. Lass uns rausgehen und dann erzählst du mir alles!" Vroni nickte, hektische rote Flecken breiteten sich auf ihrem Hals aus.

„Es war unser Wiesn-Nachmittag mit der Abteilung. *Veronika, der Lenz ist da,* hat er gegrölt und mir dabei unter dem Tisch zwischen die Beine gefasst. Niemand hat es gesehen. Er war stockbesoffen und nicht mehr zu bändigen. Er hörte einfach nicht auf, wurde immer zudringlicher und hat mit seinen Fingern meine Strumpfhose zerrissen. Und dann..."

„Hast du ihn angezeigt?" fragte Kati.

„Am nächsten Tag habe ich von meinen Kollegen erfahren, dass ihn drei Leute weggebracht haben, sie wollten ihn in den Zug nach Kaufbeuren setzen, wo er wohnte. Nach vier Stunden waren sie wieder da, weil sich Großmann unterwegs zum Hauptbahnhof an jeder Ampel ausziehen wollte. Hinterher hat er so getan, als habe er einen Filmriss gehabt, ohne Kommentar hat er ein Weißwurstfrühstück für alle spendiert."

„Und du?", flüsterte Kati.

„Ich habe bis heute geschwiegen. Versprich mir eines, Kati: Zu niemandem ein Wort!"

„Geht klar. Aber man wird eingeholt von den Themen, die man verdrängt", sagte Kati nachdenklich. „Lachst du deshalb alles weg und spielst den Sonnenschein?"

Grenzen zu setzen, das war tatsächlich nicht Vronis Stärke: Sie scheute Konflikte wie der Teufel das Weihwasser. Sie gab lieber nach, anstatt sich durchzusetzen. Wäre sie nur damals nicht eingeknickt, hätte sie nur ... Aber dieses Selbstbewusstsein hatte sie damals nicht.

Der 30. September kam viel zu schnell. Vroni war so nervös, dass ihre Hand beim Schminken zitterte wie Espenlaub. Ihr Make-up war heute besonders dezent, sie verzichtete sogar auf ihren tomatenroten, glänzenden Lieblingslippenstift. Viel zu früh war sie ausgehfertig, tigerte in ihrer Wohnung herum. Dann setzte sie sich unruhig an den Küchentisch, verstaute ihre drei Glupperln in der Dirndltasche. Stand wieder auf, atmete tief ein und wieder aus. Schließlich wischte sie sich die schwitzigen Hände an der Dirndlschürze ab und machte sich auf den Weg.

Dem Oktoberfest fehlte an diesem Tag jeglicher Glanz, obwohl der Himmel weiß-blau strahlte wie auf einer Kitschpostkarte. Kein Fitzelchen Wiesnflair wollte sich bei Vroni einstellen, der Mandelduft tat sein Bestes, doch er brachte sie nicht in Stimmung. Auch beim Hineingehen ins Hackerzelt verspürte sie nicht wie früher dieses positive Vibrieren, ganz im Gegenteil. Ein Besoffener lallte ihr mit trübem Blick und Bierfahne zu: „Wie kann hier nur so was Schönes reingehen?" Sie drängte sich genervt und wortlos an ihm vorbei, schob sich durch die feiernden Menschenmassen und steuerte auf die reservierte Box zu. Die Kapelle spielte ein bekanntes „Schlager-Hüttenparty-Lied", bei dem alle mitklatschten und mitstampften. Früher hätte es sie in den Beinen gejuckt, sie hätte sich einfach in den Gang gestellt und losgetanzt: Alleine oder mit zufälligem Tanzpartner, Freestyle oder Standard, Hauptsache, es machte Spaß! Heute gellte ihr die Umptata-Musik schmerzhaft in den Ohren.

Schon von weitem sah sie Gernot. Er hatte ein flauschiges, braunes Hendl auf dem Kopf, das auf Knopfdruck die Schenkel zusammenschlug. Gernot war früher schon der Hahn im Korb gewesen, dieser Kopfputz passte perfekt zu ihm. Beim Näherkommen erkannte Vroni viele bekannte Gesichter: Ehemalige und Kollegen winkten ihr in Feierlaune zu. Sie quetschte sich auf eine Bierbank, ließ sich eine Maß bringen und hielt sich verkrampft am Glas fest. Berichtete über den neuesten Tratsch aus dem Labor, ließ sich alte Anekdoten erzählen und wartete. Noch war er nicht da. Noch hätte sie die Flucht ergreifen können. Plötzlich sah sie ihn und es verschlug Vroni den Atem:

Großmann saß im Rollstuhl.

Ein junger Mann schob ihn direkt auf die Box zu und zog ihn rückwärts die zwei Stufen zum Tisch hinauf. Ihre Nebensitzerin raunte ihr zu: „Ja, dem Großmann hat das Leben übel mitgespielt. Zuerst eine Superkarriere, Porsche, Jetset und Frauen. Ein Leben auf der Überholspur…"
„Ich weiß", antwortete Vroni. Wenn man genau hinsah, dann verriet ihre bebende Unterlippe, wie erschüttert sie war. Aber auf der Wiesn sah niemand so genau hin, wie bei dem Vorfall damals. Gerade setzte die Kapelle wieder ein, es war ohrenbetäubend laut im Zelt. „Und dann der Unfall. Schrecklich, ganz furchtbar. Wusstest du davon?"
Vroni schüttelte den Kopf. Sie fühlte sich wie betäubt, als

hätte ihr jemand mit dem Vorschlaghammer eins übergebraten.

Direkt neben ihr stellte der junge Mann den Rollstuhl ab: „Ich hole Sie dann um 18.00 Uhr wieder ab." Großmann nickte. Dann sah er auf und grüßte fahrig in die Runde. Es wurde unsicher zurück gegrüßt, unecht gelächelt, schnell wandte sich jeder am Tisch wieder seinem Gesprächspartner zu.

Vroni tastete nach ihrer Dirndltasche und kramte mit zitternden, eiskalten Fingern ihre drei Glupperln heraus, die sie mit der Beschriftung nach oben auf den Biertisch legte. Die wenigen klaren Gedanken von vorhin waren restlos aufgebraucht – nur die unklaren blieben übrig. Zum Glück hatte sie das vorher geahnt.

„Guten Tag, Vroni", sagte Großmann mit brüchiger Stimme, „danke, dass du gekommen bist." Aufgewühlt griff sie nach ihrem ersten Glupperl, wie eine Ertrinkende klammerte sie sich daran fest. *„Wos wuist´n du?"* – so hallte es blechern in ihrem Kopf. Noch bevor sie es anstecken konnte, sprach er weiter: „Vroni, ich will nicht lange um den heißen Brei herumreden. Es tut mir unendlich leid, was passiert ist und ich bitte dich um Verzeihung. Sie kommt reichlich spät, ich weiß." Großmann rang sichtlich um Fassung. Vroni brauchte eine kurze Pause zum Durchatmen. Bei ihr genügten oft ein paar gezielte Worte, damit ihr aus heiterem Himmel die Tränen in die Augen schossen.

Dagegen konnte sie zwar jetzt nichts tun, aber sie musste etwas sagen. „Ja", platzte sie heraus, „sie kommt spät, Ihre Entschuldigung!"

Großmann sah sie mit wässrigen Augen an und nickte. „Ich will nichts beschönigen, ich war ein... Und Reue kommt immer zu spät..." Vronis Blick glitt über seine eingefallenen Wangen, seine zusammengesunkene Haltung, den mageren Körper, dem jegliche Spannung fehlte: Er wirkte alt, grau und energielos. Kurz öffnete Großmann seinen ungesund blassen Mund, wollte weitersprechen, dann schloss er ihn wieder und presste die Lippen so fest aufeinander, dass nur noch ein schmaler Strich sichtbar war. Nach einer gefühlten Ewigkeit sprach er weiter: „Danach habe ich keinen Tropfen mehr angerührt, nie wieder. Aber diese verdammte Gier nach Kick und Sensation, der Hunger nach Entgleisung, der ging trotzdem nicht weg. Und du siehst, wohin mich das gebracht hat. Mein Leben ist ein einziger Scherbenhaufen."

Vronis Hals war wie zugeschnürt, sie brachte keine Silbe heraus. *„Reue kommt immer zu spät"*, hatte er gesagt. Tatsächlich konnte sie seine Reue körperlich spüren, seine seelische Not und den Schmerz über sein verpfuschtes Leben. Schließlich krächzte sie: „Auf diesen Moment habe ich lange gewartet, in Gedanken habe ich es Ihnen unzählige Male heimgezahlt. Den Vorfall habe ich seither mit mir herumgetragen, sowas vergisst man nicht! Das Schlimmste daran ist, dass Sie mir meine Lebensfreude gestohlen haben. Und Sie ahnen nicht mal im Ansatz, wieviel Mut und Kraft es mich gekostet hat, hierher zu kommen." Großmann nickte resigniert und zog den Kopf ein.

Und auf einmal war alles ganz leicht.

Vroni hatte keine Ahnung, woher die Worte kamen, wer sie ihr in den Mund gelegt hatte. Sie waren einfach da und wollten ausgesprochen werden. Es war wie eine Erlösung. Mit fester Stimme, eine Spur versöhnlicher inzwischen, fuhr sie fort: „Ich nehme Ihre Entschuldigung an. Und das tue ich nur mir zuliebe, denn das bin mir selbst schuldig!"

Daheim angekommen fühlte sie sich wie ein ausgewrungener, alter Putzlappen. Sie plumpste erschöpft auf einen Küchenstuhl und schaltete eine Zeitlang auf Autopilot. Dann griff sie nach ihren drei Glupperln und strich wie in Trance mit dem Zeigefinger über die eingravierten Worte:

„Schleich di!"
„Ja", dachte sie. „Verschwinde aus meinem Leben. Servus, mach's gut, Gedankenmüll!"

„Naa, i mog ned!"
Nein, sie war nicht mehr das Opfer, sie hatte Mut und Größe bewiesen.

„Wos wuist'n du?"
Tja, was wollte sie eigentlich? Wahrscheinlich als allererstes einen richtig unbeschwerten Wiesnbesuch einlegen. Sie wollte ihr Leben umkrempeln, das wusste sie genau. Wie, das würde sich finden.

Die drei Glupperl dösten friedlich auf ihrem Küchentisch. Mit einem Wisch fegte sie alle drei herunter und weinte sich frei, die Anspannung der letzten Wochen fiel mit einem Mal von ihr ab.

Es klingelte an der Tür. Draußen stand Kati.
„Und, wie war's?", fragte sie. Vroni zog die Schultern hoch. Kati nahm sie wortlos in die Arme.

„Unserem Weißwurstfrühstück steht in Zukunft nichts mehr im Weg", schniefte Vroni und lächelte schief.

Oktober　　　**Petra ante Portas**

Die Schwäne unternahmen eine Kontrollfahrt auf dem Seitenarm des Kanals, flankiert von einem Trupp kreischender Möwen. Der letzte goldene Oktobertag lockte Heerscharen von Spaziergängern in den Park: Kinder raschelten ausgelassen in den bunten Laubteppichen neben den Wegen. Eingemummelte Liebespaare saßen eng umschlungen auf Bänken, junge Eltern schoben müde ihre Kinderwägen gegen die tiefstehende Sonne, ein Grüppchen älterer Damen hielt einen angeregten Plausch.

Petra walkte im Stechschritt an ihnen vorbei. Mit ihrem flotten Kurzhaarschnitt und der jugendlichen Sportbekleidung wirkte sie wie Mitte Fünfzig – höchstens. Es war das letzte Wochenende, bevor sie, von langer Hand geplant, in den Vorruhestand ging. Am Donnerstag würde der Schlusspfiff ertönen, danach würde jeder Tag wie ein endloses Wochenende sein. „Zeit ist meine neue Währung", dachte sie und ein Lächeln huschte über ihre Lippen. Kein Stress mehr, keine unbezahlten Überstunden, nicht mehr fremdbestimmt sein!

Sie fühlte sich vogelfrei, denn nach 40 Berufsjahren bekam sie endlich ihre eigene Zeit zurück. Und Petra wäre nicht Petra, wenn sie diese Zeit einfach verstreichen ließe: Ihr Leben lang war sie eine Macherin gewesen, die ungekrönte Königin der Effizienz und Zeitoptimierung.

In den kommenden zwei, drei Monaten wollte sie sich innerlich sortieren und darüber nachdenken, wie sie ihre Tage strukturierte. Was ihrem Leben kurzfristig Inhalt, mittelfristig Ziel und langfristig Sinn geben sollte.

Drei Tage noch war Petra offiziell Leiterin des Fachbereichs Fremdsprachen bei einem Weiterbildungsinstitut. Vor einem Jahr etwa hatte sie begonnen, über ihren freiwilligen Ausstieg nachzudenken. Es war eines dieser unproduktiven Meetings mit den üblichen Verdächtigen gewesen, das sie nur von ihrer Arbeit abhielt. Wie immer ging es um Wirtschaftlichkeit, um das Marketing von Mainstream-Kursangeboten. Und darum, wie man qualifizierte Dozenten an Land zog, die zu lächerlichen Stundenhonoraren Top-Kurse halten sollten.

„Dann macht euren Scheiß doch alleine!", dachte sie, und am Ende der Sitzung hatte sie innerlich gekündigt. Sie war die unkreativen Arbeitsabläufe so leid, sie ließen ihr schon lange keinen Spielraum mehr zur Gestaltung. Gleichzeitig wurde die Wertschätzung immer geringer. „Ich hab´ mir schon sowas gedacht", seufzte ihre Kollegin. „Du warst in den letzten Wochen ziemlich einsilbig und hast nur noch Dienst nach Vorschrift geschoben. Bist Reibereien mit dem Chef aus dem Weg gegangen, was ja sonst überhaupt nicht deine Art ist."
„Ja, das stimmt. Aber wozu der tägliche Kindergartenstreit, wenn man weiß, dass bald Schluss ist? Ich bin froh, wenn ich diesen grau melierten Pfau nicht mehr sehe!", antwortete Petra.

„Und mich lässt du hier sitzen, inmitten von karrieregeilen Intriganten? Ich dachte immer, wir gehen gemeinsam in Rente. Was soll jetzt werden, ohne dich?"

Die Reaktion auf Petras Kündigung war gemischt. Nur bei den Kolleginnen der gleichen Hierarchieebene spürte sie ehrliches Bedauern. Andere begegneten ihr mit gespieltem Interesse, manche mit offenem Neid. „Du bist aber mutig, und was kommt danach?"
„Bist du mit frischen 61 nicht zu jung für einen Seniorenteller?"
„Kannst du dir das finanziell leisten? Wahrscheinlich verdient dein Mann gut…"

Klaus hatte gut verdient – aber das war nicht der Punkt: Petra war bewusst, dass sie nicht mehr unendlich viel Zeit hatte, und diese Zeit wollte sie so aktiv und so fit wie möglich verbringen. Wenn sie nur wüsste, wo es langgehen sollte! Unter keinen Umständen wollte sie zu einem bildungsbeflissenen grauen Panther mutieren, der mit Legionen anderer die Lehrsäle der Unis überfüllte. Oder zur Aktivseniorin im touristischen Dauerlauf. Und sie brauchte weder einen Kartoffelschälkurs als spirituelle Erfahrung noch Yoga für ihr inneres Gleichgewicht. „Vorerst gibt es genug, was Körper und Geist ganz normal voranbringt!", dachte sie.

Zuhause würde sich die neue Situation erst einpendeln müssen. Klaus war schon seit einem knappen Jahr in Rente, unfreiwillig. Dabei hätte er gerne länger gearbeitet.

Etwa vier Wochen vor dem Tag X befand sich Petra in einem seltsamen Zwischenzustand: Ihre Nachfolgerin war schnell eingearbeitet und hatte das Zepter übernommen, ihr Schreibtisch, ihr Stuhl, ihre Ordner waren annektiert. Bei der offiziellen Übergabe bettelte sie mit keiner Silbe darum, dass Petra noch mehr von ihrem Wissen und ihrer Erfahrung herausrückte. Ihr glattes, betont sachliches Verhalten erleichterte ihr den Abschied. „Sie passt in die neue Zeit", sinnierte Petra, „Zahlen, Daten, Fakten! Menschen spielen bei ihr keine große Rolle."

Es gab eine Abschiedsrede, der Petra keine große Bedeutung beimaß: Auf solchen Veranstaltungen wird gelogen, dass sich die Balken biegen. Die Kolleginnen organisierten eine kleine Feier, das Übliche: Blumen, Geschenke, schöne Worte, ein festlich-fröhlicher Ausstand mit Gläserklirren und Gabelgeklapper. Der Chef hatte sich bis zuletzt nicht geäußert, erst beim Aufräumen hatte er ihr die Hand geschüttelt und etwas von „unersetzbar" gemurmelt. Sie ging ohne Wehmut, denn ihr war klar: Der Friedhof war voll mit Unersetzlichen. Freude und Freiheitsgefühle erfüllten sie, als sie zum letzten Mal die Tür hinter sich zuzog.

Kein Wecker mehr! Keine Schlaflosigkeit, kein Aufwachen mitten in der Nacht mit Gedanken an die Arbeit, kein charakterloser Chef, keine Honorarverhandlungen mit verdrossenen Dozenten. Wie herrlich! Petra kuschelte sich in ihre Bettdecke, mit einem tiefen Atemzug, gefolgt von einem seligen Seufzer, schlief sie ein.

Aber schon bald hatte sie das Dolcefarniente gründlich satt. Die Wohnung musste dringend renoviert werden! Schon seit Jahren stand dieses Großprojekt auf Petras geistigem Zettel, jetzt, als frisch gebackene Zeitmillionärin, machte sie Nägel mit Köpfen. Klaus zog den Kopf ein und hoffte, der Kelch möge an ihm vorübergehen. Obwohl er ahnte, dass er sich in den nächsten Wochen eine ausgedehnte Zeitungslektüre abschminken konnte.

Petra war handwerklich geschickt, sie ließ sich von ein paar Hindernissen nicht aufhalten. Harte Bretter bohren, das war im Beruf eine ihrer Kardinaltugenden gewesen: Wer mit ihr zusammenarbeitete, der war zum Erfolg verdonnert! Die Tageszeitung wurde nun zum Abdecken und Auslegen benötigt, Klaus und sie schufteten von früh bis spät. Sie waren Stammkunden im Baumarkt und wurden dort fast schon mit Handschlag begrüßt. Anfang Dezember erstrahlte die Wohnung in neuem Glanz: Türen, Fenster und Wände waren gestrichen, der Parkettboden abgeschliffen und eingelassen. Das Badezimmer hatte neue Fliesen, auch die Sanitärmöbel waren ersetzt.

Die Aktion Renovierung ging nahtlos über in die vorgezogene Mission Frühjahrsputz, denn wer hängt schon vergraute Gardinen an frisch gestrichene Fenster? Wer legt schon schmutzige Teppiche auf ein neu poliertes Parkett? Petra rückte Möbelstücke an neue Plätze und weil man die Schränke dazu ausräumen musste, machte sie gleich innen weiter und ordnete ihren Inhalt neu.

Prall gefüllte Müllsäcke mit verwaschenen Kleidungs-
stücken, alten Schuhen, Bettwäsche und Handtüchern
türmten sich im Flur. Wer will schon verblasste Hand-
tücher in einem modernisierten Badezimmer?

Endlich hatte das Wüten ein Ende. Dem Tabula rasa auf
allen Ebenen des Haushalts folgte eine hektische Vorweih-
nachtszeit und zum Fest waren beide erschöpfter als jemals
zuvor um den Jahreswechsel.

Im neuen Jahr möblierte sich Petra ihre Tage mit öden
Routinen, die ein immer engeres Netz um sie zogen.
Neuerdings strich sie mit dem Besenstiel die Betten glatt.
Die Sofakissen sollten in einem definiert-lässigen Winkel
zueinander stehen, Brillenetuis und TV-Fernbedienung
lagen in schnurgerader Eintracht nebeneinander. Damit am
Wochenende freie Bahn für die schönen Dinge des Lebens
war, wurde die Wäsche mittwochs erledigt, der Wochen-
putz fand am Donnerstag statt. Doch auf der Skala des
täglichen Irrsinns war immer noch Luft nach oben: Freitag
war Einkaufstag, und den galt es generalstabsmäßig zu
planen. Beim Frühstück durchstöberten sie vorher die
Wochenblätter nach aktuellen Angeboten. Dabei ging es
nicht ums Sparen, es ging ums Prinzip! Oder bahnte sich
da etwa eine Rentner-Paranoia an?

„Kümmelkäse ist im Angebot. Und Senf", sagte Klaus.
„Vom Senf kaufen wir am besten gleich zehn Gläser, der
wird ja nicht schlecht", antwortete Petra.

Der Montag war Klaus heilig, es war sein Fitness-Tag.
„Gehst du heute zum Sport?"

„Wenn ich Zeit habe", konterte Klaus gereizt, „aber wahrscheinlich hast du dir wieder eine spannende Aufgabe für mich ausgedacht!"

„Du hättest mehr Zeit, wenn du nur ein bisschen flexibler wärst. Dann lies' doch deine Zeitung am Abend."

„Soweit kommt's noch! Wie organisieren sich eigentlich andere Rentner? Wie schaffen die sich Strukturen, die Halt geben, aber nicht einengen?", raunzte Klaus zurück und raschelte missmutig mit der Zeitung. Seine sonst unverwüstlich gute Laune war auf den Nullpunkt gesunken. „Wir müssen dringend mal hier raus, mir fällt die Decke auf den Kopf." Petra wollte keinen Streit vom Zaun brechen, sie nickte zustimmend. „Ja, du hast Recht. Eine Reise, das wäre toll! Frischer Wind tut uns sicher gut." Mit einem Themawechsel versuchte Petra, die Wogen wieder zu glätten: „Ich will mir heute Nachmittag die Miró-Ausstellung in der Kunsthalle ansehen und danach gehe ich mit Uschi ins Kino. Du weißt schon, der neue Film mit den 13 Oskar-Nominierungen…"

„Du bist schon wieder unterwegs? Es muss doch auch einmal *nichts* sein dürfen…" Klaus fixierte sie verständnislos.

Kreis, Mond, Stern: Mirós Bilder erinnerten Petra an rätselhafte Kinderzeichnungen, die verdrehten geometrischen Formen erschienen ihr bestenfalls naiv. Lange stand sie vor einem seiner berühmtesten Gemälde, *Chant du rossignol.*

Sie konnte beim besten Willen keine Nachtigall entdecken! Stattdessen ein chaotisches Arrangement aus schwarzen und schwarz-roten Kreisen, einen sichelförmigen weiß-schwarzen Mond und einige blau-schwarz gezackte Sterne. Kunst verstehe, wer wolle! Schließlich ertappte sie sich dabei, wie sie das Gemälde aufräumte: In Gedanken sortierte sie die einzelnen Elemente nach Farben und bildete Pyramiden. Am Ende fand sie ihr Ergebnis besser als das Original.

„Na, wie war die Ausstellung", fragte Uschi am vereinbarten Treffpunkt vor dem Kino. „Hmmm. Also die geheimnisvolle Kraft von Mirós Bildern ist bei mir nicht angekommen. Nichts empfinde ich dabei, rein gar nichts. Aber immerhin, ich war dort!", antwortete Petra.
„Schade. Dabei ist Miró doch… Weißt du, man muss Kunst nicht verstehen, um sie zu mögen."
„Ich weiß. Alles will ich verstehen, aber genießen kann ich nicht. Ich hake ab, und diese Ausstellung war ein Punkt auf meiner To-do-Liste."

Auf dem Heimweg haderte Petra mit sich und der Welt. Lebenserwartung und Fitness in höherem Alter waren gestiegen, aber wozu, wenn sie nichts genießen konnte, wenn sie keine Zufriedenheit empfand? „Eine Lachnummer bin ich mit meinen Kontrollzwängen. Eine hochtourig drehende Hupfdohle, die von einem Ereignis zum nächsten hechelt. Eine Event-Rentnerin ohne roten Faden, soviel steht fest!"

„Ich war heute übrigens *nicht* im Fitness-Center, sondern im Reisebüro." Klaus lehnte sich zurück und wartete auf Beifall. „Überraschung! In vier Wochen fliegen wir nach China! Ich habe eine Studienreise gebucht, es geht von Shanghai nach Peking, wir sind 13 Nächte im Land. Freust du dich?" Petra war alles andere als begeistert. Sie hasste Langstreckenflüge. Und die ganze Zeit mit den gleichen Leuten unterwegs, ach du meine Güte! „Das glaub´ ich jetzt nicht… Klaus, ich möchte wirklich keine Spielverderberin sein, aber ausgerechnet *China*? Warum fragst du mich nicht, bevor du buchst… Nein, so geht das nicht!"

Mann und Frau sind manchmal wie Essig und Öl: Kommen sie zusammen, dann hat man den Salat! Ein böser Streit entzündete sich und der Tag endete so unharmonisch, wie er begonnen hatte. Schließlich gingen sie wortlos zu Bett und drehten sich Rücken an Rücken.

„Nach Florida? Ins Rentnerparadies als goldenen Mittelweg? Ohne mich, mein Lieber, tut mir leid. Ab einem gewissen Alter muss man dazu stehen, dass faule Kompromisse keine Lösung sind", stellte Petra ein paar Tage später fest.

Klaus flog alleine.

„Vielleicht hast du Recht, wir brauchen Abstand. Wir gehen uns nur noch auf die Nerven…", gab er beim Abschied am Flughafen zu. Dann umarmte er sie, ein wenig unbeholfen und kühl.

Am nächsten Tag schnappte Petras Koffer zu. Sie hatte eine Kunstreise nach Spanien gebucht. Auf Mirós Spuren wollte sie wandeln, ganz individuell von Barcelona nach Madrid reisen und weiter nach Tarragona. Joan Miró sollte eigensinnig und introvertiert gewesen sein, er trug gerne dunkle Anzüge und hasste auffallendes Getue.

Und er wurde als ehrgeizig beschrieben. Mit ihm als Mensch konnte sich Petra durchaus anfreunden. Da wäre es doch gelacht, wenn sie die Botschaften hinter seinen Gemälden nicht verstünde!

In Barcelona buchte sie eine private Führung. Die Stadt war voller Orte, an denen Miró kreative Abdrücke hinterlassen hatte. Der Reiseleiter brachte sie hinauf zum Berg Montjuïc, wo sich die imposante Miró-Stiftung befand. Später schlenderten sie durch den Joan-Miró-Park und José zeigte ihr das Mosaik auf der Esplanade Pla de l'Os. Zum Abschluss führte er sie ins Sants-Eixample-Viertel, wo eine der wichtigsten Arbeiten Mirós stand. Petra starrte gebannt auf die 22 Meter hohe Skulptur *„Frau und Vogel"*. Zum ersten Mal an diesem Tag war sie beeindruckt. „Es ist gewaltig, was er erschaffen hat. Aber was will er damit ausdrücken?", fragte sie José. „Ich bin blind für seine Kunst. Kann man lernen, Kunst zu begreifen?"

„Ich arbeite ohne zu arbeiten. Kennen Sie dieses Zitat von Miró?", erwiderte José, ein wenig genervt. Er hatte den ganzen Tag versucht, Petra zu inspirieren.

„Das klingt gut, aber sein Spruch kommt zu spät. Ich arbeite nicht mehr, bin seit ein paar Monaten im Ruhestand..."

Petras Füße brannten. In den vergangenen drei Tagen hatte sie Madrid systematisch nach Sehenswürdigkeiten durchkämmt. Die Top 10, die man besser im Rahmen einer „Hop-on-Hop-off-Bustour" bewältigte, hatte sie zu Fuß erledigt. Im Garten des Museo Reina Sofía sank sie vor Mirós Freiluft-Kunstwerk *Oiseau lunaire* auf eine Bank. Sie war zu erschöpft für den Funken der Erleuchtung.

Wenn sie ehrlich war: Miró hing ihr zum Hals heraus. Einen letzten Versuch war er noch wert, dann ging es zurück nach Barcelona und weiter nach München. Petra saß im Fernbus, fünf Stunden waren es nach Tarragona, einer Stadt voller historischer Schätze. Dort gab es ein kleines, aber feines Miró-Museum, in dem ein angeblich genialer Wandteppich des Künstlers hing.

Sie hatte ganz hinten Platz genommen in der Hoffnung, ohne Gesellschaft neben sich davon zu kommen. Jetzt bloß mit niemandem ein Gespräch auf Käsekuchenniveau anfangen müssen! „Darf ich mich zu Ihnen setzen?" Petra sah auf und machte eine halbherzige Handbewegung auf den noch freien Sitz: „Ja bitte". Eine alte Dame plumpste neben sie. „Ich bin Tilly, freut mich, Sie kennenzulernen. Bin auch alleine unterwegs."

Der Bus fuhr los und nach einer Weile sprach sie weiter: „Wissen Sie, ich habe schon viel von der Welt gesehen, aber ich entdecke sie immer wieder neu. Man muss nur die Augen aufmachen." Petra brütete dumpf in ihrem Sitz. *Blind für Kunst*, so rumorte es in ihrem Kopf. Tilly zog fragend die Augenbrauen hoch. „Sie wirken irgendwie unfroh. Was ist los, darf ich neugierig sein?"

„Nichts besonderes. Ich bin völlig erledigt."

„Wissen Sie, ich war Reiseleiterin und Touristen mit Ihrem Gesichtsausdruck habe ich oft erlebt. Sie packen ihre Tage randvoll mit Aktivität und meinen, Erholung muss strategisch geplant werden. Aber im Urlaub braucht man auch etwas Langeweile, sonst kommt man nicht zur Ruhe." Petra lächelte gequält. „Dann hätte ich das Gefühl, Zeit zu verschwenden." „Ooooch, Zeit kommt doch immer wieder nach… Einfach mal ruhig dasitzen und nichts tun. Die Gedanken schweifen lassen. Das wirkt Wunder!"

Gute drei Stunden waren sie auf der Schnellstraße unterwegs, dann ging es auf schmalen Pfaden weiter durch das Hinterland. Plötzlich endete die Reise – mitten im katalonischen Outback. Direkt hinter Petra stieg stinkender Qualm auf, der Motor tat keinen Mucks mehr. Ihr Busfahrer stand gestikulierend am Straßenrand und lärmte in sein Handy. Schließlich zuckte er mit den Achseln und stieg wieder ein. „Señoras y señores, lo siento mucho… Tenemos que ser patientes…"

Wahrscheinlich war die Ölleitung undicht, das hatte sie verstanden. Nun hieß es geduldig warten, bis ein Mechaniker kam.

Endlich brach Petra ihr Schweigen. „Ich bin seit Oktober im Ruhestand. Aber Theater, Kino, Ausstellungen... oder Sport, Thermenbesuche?", vertraute sie Tilly an. „Und dauernd Lesen? Daheim die Hausarbeit, Kochen, ab und zu ein paar Freunde einladen... Sie glauben nicht, wie *hohl* man sich bei all dem fühlen kann."
„Und Miró soll's richten?"
„Aber ich will nicht zur Frustgreisin werden, eine von denen, die gähnend und mit leerem Blick durch ihren stumpfsinnigen Alltag stolpert." Tilly tätschelte verständnisvoll ihren Handrücken. „Sie sind also im Unruhestand, verstehe..."
„Wer bin ich denn noch, ohne meinen Beruf. Ohne Sinn, ohne Ziel?", antwortete Petra resigniert.
Die Rentner-Tristesse traf sie mit voller Wucht.

In Spanien gehen die Uhren langsamer. Es dauerte eine gefühlte Ewigkeit, bis Rettung nahte. Der Busfahrer nahm es gelassen: Er hatte in den unendlichen Weiten seines Busses noch einen Karton mit lauwarmem Rotwein entdeckt, den er in Plastikbechern ausschenkte. Tarragona erreichten sie erst gegen Abend.

„Ich bin sicher, Sie werden einen Weg finden", sagte Tilly beim Abschied. „Oder besser noch, dieser Weg findet *Sie*.

Sie haben noch so viel Zeit! Das Gras wächst auch nicht schneller, wenn man dran zieht!"

Der Duft von frisch gemähtem Rasen lockte Petra und Klaus auf ihren sommerlich bestückten Balkon. Klaus trug seinen dunkelblauen, chinesischen Hausmantel und war in aufgeräumter Stimmung. „In Deutschland leben etwa 1,2 Millionen blinde oder sehbehinderte Menschen, rund zwei Drittel sind älter als 65", las er aus dem Wochenanzeiger vor.

Wusstest du das?"

„Nein, lies weiter!"

„Eine Gruppe engagierter Kunststudenten geht neue Wege: Sie gestaltet Tastmodelle abstrakter Gemälde mit Reliefpapier, Knöpfen, Streichhölzern und strukturierten Stoffen nach. So soll moderne Kunst für Blinde erlebbar werden…" Klaus vertiefte sich schweigend in den restlichen Artikel, dann reichte er Petra den Wochenanzeiger mit bedeutsamem Blick über den Tisch. „Das musst du *unbedingt* lesen… Wäre das nichts für dich? Du mit deinem Sinn fürs Handwerkliche. Und Kunst ist doch genau dein Thema…"

„… Es muss gar nicht kompliziert sein. Einfach tasten können und darüber reden, das reicht blinden Menschen oft schon", berichtet die Projektleiterin. „Kunst ist schön, macht aber viel Arbeit, das wusste schon Karl Valentin. Deshalb suchen wir Ehrenamtliche mit etwas Kunstsinn, die Zeit und Lust haben, uns zu unterstützen. Bei Interesse wenden Sie sich…"

Tillys Abschiedsworte in Tarragona kamen Petra wieder in den Sinn. Manchmal gibt es merkwürdige Zufälle. Vertauschte Wörter, neuer Sinn!

„Blind für Kunst. Kunst für Blinde. Das ist großartig! Und wenn man die geometrischen Elemente auf Magnettafeln platziert, dann könnte man sie sogar neu arrangieren. Oder noch besser: aufräumen!", sagte sie und griff zum Handy.

.

November

Diamonds are a girl´s best friend

Die meisten finden den Monat November ungemütlich, er schlägt ihnen aufs Gemüt. Dabei gehören seine Dunkelheit und die dahinsiechende Natur ebenso zum Jahreskreislauf wie Erdbeeren im Mai oder Schneeglöckchen im Februar. Fand Ulrike jedenfalls, denn für sie war dieser Monat das non plus ultra. Im November war sie voll und ganz in ihrem Element. Sie liebte es, der Verwesung im Garten mit ihrem radikalen Ordnungssinn energisch entgegen zu treten, dem Herbst den finalen Dolchstoß zu versetzen und so das Jahresende einzuläuten. Für sie begann im November ein Aufräumfestival der besonderen Art, eines, das sie jedes Jahr aufs Neue rauschhaft genoss: Pflanzen zurückschneiden, Tisch und Stühle einmotten, Terrakotta-Töpfe winterfest einpacken, das beflügelte, befreite, befeuerte sie.

Ihre ganz besondere Leidenschaft im Garten galt den fallenden Blättern des Kirschbaumes, die müde zur Erde trudelten. So wie sie selbst sich in letzter Zeit öfter fühlte. Und dennoch ergriff sie ihren Fächerbesen, um den ebenfalls müden Rasen zu befreien. Fast so, als sei es ihre persönliche Verantwortung, ihm die Last des Laubes abzunehmen. Verantwortung, ach ja! Davon hatte sie in ihrem Leben genug getragen, und man sah es ihr an:

Wie ein Gitternetz überzogen feine Knitterfältchen ihr erschöpftes Gesicht. Ihre symmetrisch geschnittenen Züge hätten durchaus auf kraftvolle Art edel wirken können, aber weil es bei ihr immer schnell gehen und praktisch sein musste, kam dies nicht zur Geltung. *Man darf sich selbst nicht zu wichtig nehmen* und *Zuerst die Arbeit, dann das Vergnügen,* das waren Ulrikes Leitsprüche, ihre Mantras bei der täglichen Kehrmeditation im Garten und vor dem Haus. Blätter über Blätter, ein scheinbar nie versiegender, täglich neu herbei gewehter Strom aus modrigem Niedergang, der akribisch weg gekehrt werden wollte.

Manchmal machte sie sich bereits am frühen Morgen dort nützlich, fahl beleuchtet von einer Straßenlaterne, den Besen in der Hand. Es kam sogar vor, dass sie sich nicht die Zeit nahm, um sich anzuziehen – sie behielt einfach ihren grauweißen, alten Bademantel an. Erst neulich hatte sie einen eilig dahin fahrenden Radfahrer fast zu Tode erschreckt, als sie sich, fast noch in der Dunkelheit, ungekämmt und ungewaschen ans Werk machte. Weil es praktischer war, sich nach getaner Arbeit zu duschen.

Ihre Tochter Alex schämte sich in Grund und Boden für sie. „Du weißt schon, dass die Nachbarn hinter unserem Rücken lachen und tuscheln", schnaubte sie. „Ich finde es schizophren, dass du einerseits Sauberkeit und Ordnung so wichtig nimmst, aber wenn es um dich selbst geht, dann schnuddelst du vor dich hin und lässt dich gehen!"

Ulrike liebte ihre Tochter, keine Frage. Sie hatte sie alleine groß gezogen: Die letzten 25 Jahre waren wirklich kein Zuckerschlecken gewesen. Mit siebzehn schwanger, abgebrochene Ausbildung, verpfuschte Perspektiven, es war ein Desaster gewesen damals. Zum Glück war sie schon immer vernünftig gewesen und akzeptierte, was nicht mehr zu ändern war. Sie krempelte die Ärmel hoch und packte ihr Leben an. Sie hatte sich als Single mit viel Unterstützung ihrer Eltern durch die ersten schwierigen Jahre gebissen. Ständig war sie knapp bei Kasse und deshalb überglücklich, als sie später eine Teilzeitstelle als Sekretärin im hiesigen Pfarramt ergatterte. Der Spagat zwischen Beruf und Familie gelang ihr einigermaßen und die Jahre flogen in hektischer Betriebsamkeit dahin: Die übliche Arie eben.

In diesem Jahr wendete sich das Blatt. Es begann damit, dass Alex im Frühsommer ausgezogen war. Endlich! Doch die Freude hielt sich in Grenzen, seltsamerweise fühlte sie sich seither ausgebrannt. Ihre nun zu groß gewordene Wohnung gähnte sie an und spiegelte ihr die immense Leere in ihrem Inneren. Sie wurde nicht mehr gebraucht, hatte ihren Zweck erfüllt. Und fröstelte in der Stille ihrer Küche nicht selten vor Einsamkeit.

Auch der November war dumm gelaufen. Das Schicksal meinte es nicht gut mit ihr in diesem verhexten Jahr, denn heuer musste sie wohl oder übel den Blättern beim Fallen zusehen. Besen und Rechen blieben unbenutzt, ihre geliebten Laubsportwochen waren ersatzlos gestrichen. Seit Wochen hieß es nun schon still sitzen.

Und das alles nur wegen dieses schrecklichen Unfalls! Dabei war sie weder in Eile noch unkonzentriert gewesen, was ihr sowieso nicht entsprochen hätte. Weil alles in ihrem Leben Hand und Fuß hatte. In ihrem Fall *Fuß*!

Mit einem gellenden Schrei stürzte sie zu Boden, der Komposteimer flog in hohem Bogen davon, ausgerutscht war sie auf ein paar glitschigen Blättern vor der Haustüre. Noch im freien Fall wusste sie, dass dies kein Bagatellschaden sein konnte, und sie behielt Recht: Ein Knochen ragte spitz aus ihrem rechten Fuß, wie ein zerklüfteter Ast nach einem wütenden Sturm. Sie robbte auf dem Hosenboden rückwärts zurück ins Haus, in einem Zustand zwischen Schock, Schmerz und völliger Klarheit. „Ein Notfall, ich muss die 112 wählen." Mit zittrigen Fingern bediente sie das Telefon, am anderen Ende eine Frauenstimme, die sie ermahnte, Ruhe zu bewahren. „Wo wohnen sie denn? Wohin soll ich den Rettungswagen schicken?" Ulrike stotterte ihre Adresse in den Hörer, dann verlor sie das Bewusstsein.

Als sie wieder zu sich kam, lag sie im Aufwachraum des Krankenhauses und ein junger Arzt legte seine feste Hand auf ihren Arm. „Sie haben einen Unfall gehabt und sind mit einem schweren Trümmerbruch hier eingeliefert worden. Wir haben Sie notdürftig wieder zusammen geflickt. Haben Sie denn jemanden, den wir informieren sollen?"

„Nein, geht schon, ich komme zurecht", krächzte Ulrike.

„Sind Sie sicher?", fragte ihr Gegenüber besorgt.

Sie nickte matt. „Wie Sie wollen. Dann ruhen Sie sich bitte aus, nein, keine Widerrede! Von 24 Stunden verbringen Sie 23 im Bett. Erst, wenn die Schwellung zurückgegangen ist, können wir richtig operieren. Frühestens in drei, vier Tagen, würde ich sagen". Und wie zum Trost fügte der Weißkittel hinzu: „Morgen sieht die Welt schon wieder anders aus, dann sehen wir weiter." Sprach's, entschwand und überließ sie den Pflegekräften.

Ulrike hatte kein Auge zugemacht. Eigentlich neigte sie nicht zu Superlativen, aber diese Nacht war eine echte Tortur gewesen. Endlich wollte es draußen dämmern und der Krankenhausbetrieb begann. Die Morgenvisite staubte ins Zimmer, ganz hinten im Funkenschweif des Chefarztes ihr persönlicher Retter vom Vortag. Er lächelte sie aufmunternd an, während der Chefarzt seine Stirn in Falten legte: "Oh je, das sieht nicht gut aus, jetzt brauchen wir Geduld. Zuerst muss die Schwellung abklingen, sonst halten uns später die Nähte nicht" Er wandte sich erklärend seinem Begleitstab zu „Wie bei einer Weißwurst: Ist die Pelle erst einmal aufgeschlitzt, dann bekommt man sie nicht mehr zusammen!"
Und obwohl ihr der Sinn nicht nach derartigen Witzen stand, konnte sich Ulrike ein Lächeln nicht verkneifen.

Zwölf lange Tage war sie ans Bett gefesselt, dann konnte zum zweiten Mal operiert werden. In der Zwischenzeit kümmerte sich Mark Riely, ihr Operateur und Assistenzarzt, rührend um sie. Er kam mehrmals täglich vorbei, bei jeder Stippvisite wuchs Ulrikes Sympathie für ihn und sie spürte, dass dies durchaus gegenseitig war. Drei Wochen nach ihrer Einlieferung durfte sie das Krankenhaus endlich verlassen – und freute sich unendlich auf ihr eigenes Bett. „Ich rufe Sie an, versprochen!" Mark Riely drückte ihre Hand beim Abschied zwei Sekunden länger als nötig und sein offener Blick ging Ulrike durch Mark und Bein.

Der Alltag im Rollstuhl und an Krücken war anstrengend. Sie fühlte sich alles andere als gesund, mühsam schleppte sie sich durch die ersten Tage. Alex hatte natürlich ihre Hilfe angeboten, aber das hatte sie freundlich und bestimmt abgelehnt. Das Kind musste nicht extra anrücken, wegen ihr! Sie hatte doch hilfsbereite Nachbarn und ein paar gute Freunde, die ihr halfen.

Und sie hatte Mark. Tatsächlich hatte er sich bei ihr gemeldet. Er kam vorbei, untersuchte Schwellung und Nähte, gab Tipps und blieb auf einen Tee. „Ich komme gerne morgen wieder. Auf mich wartet daheim niemand, genau wie bei dir." Sie waren nach dem Tee schnell beim „du" gelandet und Ulrike fühlte sich geschmeichelt. Ein Mann wie Mark fand sie interessant, vielleicht hatte der Unfall ja doch einen tieferen Sinn? Ein Zufall, der keiner war?

In den folgenden Tagen hatte sie viel Zeit, ihren verdrängten Wünschen und Sehnsüchten zuzuhören. Die Stunden zogen sich endlos, während Ulrike bewegungslos im Wohnzimmer saß und auf den Kirschbaum blickte.

Mittlerweile waren die meisten Blätter abgefallen, sie erdrückten den Rasen wie eine viel zu schwere Decke. Auch der restliche Garten entsprach bei weitem nicht ihren peniblen Vorstellungen. „Na gut, dann bleibt der Garten heuer unaufgeräumt. Muss auch mal gehen. Vielleicht gibt es wirklich wichtigeres als Ordnung!", dachte sie und erinnerte sich an ihr letztes Gespräch mit Mark. Der hatte gelacht, als sie ihm gestanden hatte, dass sie jegliche innere Klarheit verlor, wenn im Außen die Strukturen nicht stimmten. „Ach, wenn's weiter nichts ist! Ich mag dich, wie du bist."

Er ließ es sich auch weiterhin nicht nehmen, sie regelmäßig zu besuchen und Ulrike war es egal, dass neugierige Nachbarn viel zu oft an den Fenstern hingen, wenn sie die Türe öffnete.

„Schau, da ist so eine seltsame Stelle am Knöchel, die will einfach nicht abschwellen. Schmerzt auch ein wenig. Soll ich einen Termin bei meinem Orthopäden ausmachen, damit er sich das ansieht?"
„Du hältst wohl nicht viel von meiner Kompetenz!", brauste Mark entrüstet auf und Enttäuschung machte sich in seinem Gesicht breit. So empfindlich hätte sie ihn nicht eingeschätzt, aber wer weiß schon, was in ehrgeizigen Assistenzärzten vorgeht. „Aber natürlich, ich vertraue dir vollkommen, es war nur eine Schnapsidee. Dann warten wir einfach ab. Bei dir bin ich ja in den besten Händen!"

Die Weihnachtsbäume funkelten bereits seit zwei Wochen in den Vorgärten, im Radio spielten sie schon lange „Last Christmas". Weihnachten ging ihr in diesem Jahr ziemlich auf die Nerven, sie hatte dringendere Themen. Heimlich hatte sie sich dazu entschlossen, diese dämliche Schwellung von ihrem Orthopäden begutachten zu lassen. „Ja, Sie haben Recht, das sieht merkwürdig aus. Wir machen ein Röntgenbild, dann wissen wir mehr!" Zurück im Behandlungsraum sah sie der Arzt über den Rand seiner Brille an und räusperte sich nachdenklich. „Da sind gleich mehrere Fremdkörper oberhalb Ihres Innenknöchels, und es sind weder Platten noch Schrauben oder Nägel. Das muss schleunigst raus, sieht ganz so aus, als sei bei der OP etwas vergessen worden."

Der Eingriff konnte zum Glück ambulant vorgenommen werden. Mark hatte sie vorsichtshalber angeschwindelt und erklärt, dass Alex sie ein paar Tage besuchen käme. Von daher fände sie es taktvoller, eine kleine Dating-Pause einzulegen. Er nickte zustimmend und wünschte ihr harmonische Tage.

Der Orthopäde überreichte ihr ein schwarzes Kunststoff-Päckchen, kaum größer als ihr Daumennagel. „Ich weiß nicht, welchen Murks die im Krankenhaus gemacht haben, aber am besten gehen Sie damit gleich zum Anwalt. So etwas darf nicht passieren!" Verdattert nahm Ulrike das knisternde Etwas in Empfang und verabschiedete sich schockiert.

Das Päckchen lag auf dem Küchentisch und starrte sie an. Sie starrte zurück, während sie ihre nächsten Schritte überlegte. Was sollte sie tun? Die Stimmen ihres inneren Aufsichtsrates lärmten schrill durcheinander, von Vernunft oder Logik keine Spur. Mitten in diesem Durcheinander wartete gelassen die Neugierde, wohl wissend, dass sie am Ende immer siegte. Schließlich schlitzte Ulrike das Päckchen vorsichtig auf: Heraus kullerten funkelnde Steinchen, hochkarätige Diamanten, wie sich später herausstellen sollte.

Ulrike war tief gekränkt. Sie fühlte sich benutzt, verraten und verkauft. Dem inneren Sturz ins Bodenlose folgte ein heftiger Aufprall auf dem Boden der Tatsachen, als sie schlagartig begriff, warum Mark sich so besorgt um ihren Fuß gekümmert hatte. Warum er neulich fast schon beleidigt reagiert hatte, als sie den Vorschlag mit dem Arzttermin gemacht hatte. Die intensive Fürsorge im Krankenhaus, das verliebte Geplänkel, alles nur Show. Fakt war, sie hatte sich tatsächlich in einen Kriminellen verliebt: Nur, weil der ihr die starke Schulter anbot, die sie manchmal gerne im Leben gehabt hätte. Die Steinchen kamen nicht aus einer legalen Quelle, soviel war sicher. Jetzt hieß es, kühlen Kopf und Haltung bewahren. Wie ein tapferer Ritter, der würdevoll versucht, die Stellung auf den Zinnen zu halten, auch wenn die Burgmauer unter ihm bereits zusammenbricht.

Bei den nächsten Besuchen wiegelte sie ab, als er nach ihrem Fuß sehen wollte. „Es ist alles okay, lass uns lieber eine kleine Runde drehen!" Ulrike hatte sich fest im Griff, sie ließ sich nicht viel anmerken. Sie passte ihr Verhalten an die kühlen Außentemperaturen an und schluckte Enttäuschung und Schmerz mit einem Lebkuchen hinunter.

Von Weihnachten bis zum Neujahrstag fuhr Mark zu seiner Familie. Traditionell und ohne Ausnahme. „So ist das bei uns eben, da kennen meine Eltern kein Pardon. Aber nächstes Jahr kommst du einfach mit, was meinst Du?" Ulrike nickte eifrig und nutzte die gewonnene Zeit gut. Sie zeigte die Steine ihrem Juwelier, der keine Fragen stellte und kommentarlos bestätigte, was sie bereits vermutet hatte: Es waren Diamanten. Nun war sie also reich, theoretisch jedenfalls, denn zu Geld machen konnte sie die Diamanten natürlich nicht.

An einem klirrend kalten Januarmorgen vergrub sie das Päckchen unter ihrem Kirschbaum, und das überältigende Gefühl, vermögend zu sein, nahm sie mit in ein verheißungsvolles Jahr. Dann entsorgte sie ihren alten Bademantel, ging zum Friseur und verpasste dem Inhalt ihres Kleiderschrankes ein Update. Ulrike genoss ihre Verwandlung in vollen Zügen und blühte auf: Zum ersten Mal in ihrem Leben!

Als Ende April der Kirschbaum in voller Blüte stand, hatte sich die farblose Pfarramtssekretärin in eine attraktive, selbstsichere Frau verwandelt, nach der sich viele umdrehten. „Diamonds are a girl's best friend, da ist etwas dran! Ich trage sie zwar nicht, aber ich wirke anscheinend so", staunte sie innerlich. Ihr neu entdecktes Selbstbewusstsein entwickelte sich blendend, während die freundschaftliche Beziehung zu Mark Riely auf schwacher Flamme weiter köchelte. Sie sahen sich sporadisch, ohne verbindliche Absichten. Ulrike hielt ihn gefühlsmäßig auf Abstand, was ihr sehr dabei half, die Situation realistisch einzuschätzen. Sie legte sich zwei unterschiedliche Strategien zurecht und wartete.

„Wann lässt du dir das Metall in deinem Fuß eigentlich wieder heraus operieren?", fragte Mark an einem sonnigen Septembertag beim gemeinsamen Frühstück. „Jetzt wird es fast ein Jahr, allzu lange solltest du nicht mehr warten!" Fast hätte sich Ulrike an ihrem Käsebrötchen verschluckt, obwohl sie auf genau diese Frage bestens vorbereitet war. „Wann immer du Zeit für mich hast, ich möchte dich unbedingt dabei haben!" Die Erleichterung sprang Mark aus jedem Knopfloch. „Ich schaue gelegentlich mal auf den OP-Plan für November und gebe dir dann Bescheid! Ich kenne dich ja inzwischen, du magst es gerne geregelt und geordnet."

Eine derartige Abgebrühtheit hätte sie ihm niemals zugetraut, nun wusste sie definitiv Bescheid. Widerstandslos ließ sie sich auf die Wange küssen, während Plan B vor ihrem geistigen Auge ablief.

Anfang November wurde Ulrike in den OP geschoben, und kurz vor dem Hinüberdämmern erkannte sie schemenhaft Mark, der ihr zulächelte.

Als er sich später im Aufwachraum zu ihr setzte, spielte sie die Rolle der ahnungslosen Patientin erstklassig. „Na, bist du zufrieden mit meinen alten Knochen? Ist alles glatt gegangen?" nuschelte sie benommen. Mark rang sichtlich um Fassung. „Wir müssen reden", flüsterte er rau.

„Ich weiß. Halbe-halbe. Deal?", flüsterte Ulrike zurück.

Dezember   **Frau Holle Reloaded**

Es fiel ein wenig Schnee an jenem Dienstagmorgen kurz
vor Weihnachten, federleichte Flocken schwebten zögernd
zu Boden.

Die Flocken scherten sich nicht um den Weihnachtstrubel,
das Fest der Liebe war ihnen egal. Ihre provozierend
langsame Trudelei war für Marion schwer zu ertragen.
Dennoch blieb sie gebannt am Küchenfenster stehen und
sah den zarten Gebilden beim Trödeln zu, bis sie endlich
auf den nassen Stufen vor der Haustüre schmolzen.

Eigentlich hatte Marion heute keine Minute zu ver-
schenken – schon gar nicht, um tatenlos am Fenster zu
stehen. Mit ihren 72 Jahren war sie gut in Schuss, aber
nicht mehr die Jüngste. Einen Tag mit ordentlich Wumms,
so wie heute, den steckte sie nicht mehr so leicht weg.
Auch wenn sie das niemals zugeben würde.

„Könntest du heute mit dem Meerschweinchen zum
Tierarzt fahren, Mutti? Ein Notfall, die Operationsnarbe ist
aufgeplatzt. Und ich habe einen waaahn-sinn-igen
Stresstag vor mir, dann auch noch die Weihnachtsfeier im
Betrieb…“. Um kurz vor sieben Uhr hatte das Telefon
geklingelt, fordernd schrillte es in Marions Ohren. Barbara
am anderen Ende der Leitung klang schon um diese
Uhrzeit fix und fertig.

Dabei hatte der Tag noch nicht einmal richtig angefangen.

„Okay, das bringe ich unter. Das Mittagessen für Lilly und Daniel brauche ich nur noch aufzuwärmen. Die zwei kommen direkt nach der Schule hierher. Wir backen doch heute Plätzchen und..."

„Jaja." Barbara klang genervt, aber sie riss sich am Riemen, weil ihr klar war, wer hier etwas von wem wollte. Hastig fuhr sie fort: „Danke dir, du bist die Beste! Was würde ich nur ohne dich tun! Wenn du den Käfig auf den Rücksitz deines Autos stellst, dann ist es für das Meerschweinchen nicht so kalt wie im Kofferraum. Ach, und könntest du bitte meinen Wintermantel aus der Reinigung mitbringen? Ich lege dir den Abholschein in die Schale im Flur. Jetzt muss ich aber, sorry ... ich will Franziska heute zur Schule fahren. Die Klasse geht Eislaufen anstatt Turnen, und die Schlepperei mit der Schlittschuhtasche…"

Ein letzter Schluck abgestandener Kaffee. Die Wut kochte wieder in ihr hoch an diesem Dienstagmorgen. Weil sie immer alles brav erledigte, weil sie die Sanftmütige spielte. Manchmal war es nur eine Kleinigkeit, und dann war es, als würde ein unsichtbarer Schalter umgelegt. Dann war sie über ihre lodernden Gefühle erschrocken. Aber niemals, niemals ließ sie das wilde Tier in sich frei.

Sie würde sich gerne wieder einmal in die Sauna legen, die Augen schließen, sich in der wohltuenden Wärme fallen lassen. Oder völlig unkorrekt schon mittags ein Glas süffigen Rotwein trinken, dazu eine Tüte krachfrische Paprikachips.

Oder die scheußlich verblasste Wand im Wohnzimmer in einer Knallfarbe streichen. Aber Weihnachten war natürlich wichtiger. Und Bügeln generell sinnvoller, weil sie hinterher den Berg erledigter Wäsche vor sich sehen und damit den sichtbaren Beweis antreten konnte, dass sie unersetzlich war. Fast immer standen zwei, drei Körbe im Wohnzimmer, die weggebügelt werden mussten.

Es war ein schleichender Prozess gewesen: Seit sie im Ruhestand war, hatte sie unangenehm viel Zeit. Sie war froh, dass sie als bügelnde Babysitterin mit fundierten Kochkenntnissen eine Anschlussverwendung in den Haushalten ihrer beiden Kinder gefunden hatte. Sie machte sich nützlich mit dem, was heute keiner mehr tun will: Hausarbeit. Heutzutage sagte man ganz modern „Home Business" dazu, aber es war und blieb ein undankbarer Job. Ohne Bezahlung, ohne Anerkennung. Für Marion gab es kein „Ich kann nicht mehr" oder „Ich habe keine Lust": Was getan werden musste, musste eben getan werden. Wenn jemand wusste, wie man aus wenig viel machte, dann war es Marion. Weil sie früher weder Zeit noch Geld hatten, um aus dem Alltag ein Lifestyle-Thema zu machen. Auch hinter der Kocherei steckte keine Philosophie. Es war damals üblich, alles frisch und selbst herzustellen und am Sonntag für die kommende Woche vorzukochen. „MealPrep" hieß das jetzt.

„Frau Holle", so nannte ihr Mann sie früher im Scherz.

Weil sie mit einer Entschiedenheit die vier Betten im Haushalt aufschüttelte, die man sonst nur aus dem Märchen kennt. Dieser Spitzname blieb an ihr hängen, bei den Kindern und später bei den drei Enkelkindern. Besonders an Tagen wie heute, wenn es draußen schneite, dachte sie daran: Weil droben im Himmel Frau Holle die Betten so doll geschüttelt hatte, dass es auf der Erde schneite. Dort musste jetzt auch ihr Mann sein, der vor vier Jahren gestorben war, ganz schnell. Ohne ihre Kinder und Enkelkinder hätte sie diese dunklen Jahre niemals überstanden.

Am energischsten war Marion mit – oder besser gegen – sich selbst. Wegen der Wut, die trotz aller inneren Zensur auch damals schon wie ein Vulkan in ihr brodelte. Ganz selten rastete sie aus und was dann folgte war ihr höchst persönlicher Polterabend: Denn damit der große Zorn nicht die Falschen traf, richtete sie ihn gegen Teller, Tassen oder Schüsseln, die sie mit heißem Atem und feurigen Augen zertrümmerte.

Sie war immer ein Energiebündel gewesen, deshalb war der Wiedereinstieg in ihren Beruf als Verwaltungsfachangestellte kein besonderer Kraftakt. Den Spagat zwischen Beruf und Familie schaffte sie, weil sie in Teilzeit arbeitete, geradeso viel, dass die Familie nicht zu kurz kam. Sie wurde angetrieben von ihrem schlechten Gewissen, nichts zum finanziellen Wohlstand der Familie beizutragen, aber auch, weil sie endlich das Haus wieder verlassen und mit Kollegen auf Augenhöhe umgehen wollte.

Ihr Mann war stolz auf sie gewesen. „Jetzt gönn' dir doch auch mal was", hatte er gesagt, als es ihnen später finanziell besser ging. „Nicht nötig!", antwortete Marion, „Ich brauche nichts!" Liebend gerne wäre sie mit ihm in ein Taxi gestiegen und spontan verreist. Oder hätte dem Taxifahrer verschwörerisch zugeraunt: „Folgen Sie diesem Wagen!" und gespannt gewartet, wohin er sie brachte. Aber mit solchen Hirnfürzen brauchte man ihm nicht zu kommen…

Irgendwann hatte er ihr dann ungefragt eine dreireihige Perlenkette geschenkt, die sie zu hohen Festtagen anlegte. Sie passte nicht an ihren kurzen Hals, zu ihren rebellischen Augenbrauen und wirkte wie ein eleganter Fremdkörper an ihr. Ein kurioser Kontrast zu ihren kräftigen Händen, ihrer quadratisch-kompakten Statur. Marion legte nicht viel Wert auf ihr Äußeres, aber ein gewisser Hang zur Extravaganz ließ sich nicht abstreiten. Als junges Mädchen, da hatte sie sich etwas getraut – sie war unangepasst, die mit den höchsten Absätzen, ein bunter Paradiesvogel war sie gewesen. Temperamentvoll, abenteuerlustig und durchaus bereit zu etwas Unvernunft!

Die Scheibenwischer ihres klapprigen Ford Fiesta arbeiteten auf höchster Stufe, der Schnee fiel jetzt dichter. Marion zog den Schlüssel aus dem Zündschloss und gönnte sich eine Minute Pause in ihrer Garage. Die Mission Meerschweinchen war erfolgreich abgeschlossen, auf dem Rückweg hatte sie Barbaras Wintermantel abgeholt.

Dazu noch die zimmerhohe Nordmanntanne aus dem Gartencenter und eine 5-Kilo-Gans aus dem Bioladen. Weihnachten wurde wie selbstverständlich bei ihr gefeiert, von jeher. Niemand hinterfragte diese Tradition. In ehrlichen Momenten musste sie sich eingestehen, dass die beiden Familien sie mit Haut und Haaren absorbierten. Es fiel ihr von Jahr zu Jahr schwerer, die Weihnachtsshow vorzubereiten. Dem hätte sie schon vor Jahren einen Riegel vorschieben müssen, sie hatte es versäumt. Sie wurde nach Strich und Faden ausgenutzt – rund ums Jahr.

Marion stand zum zweiten Mal an diesem Tag am Fenster. Sie dachte an Dorle, ihre Jugendfreundin, die vor zwei Jahren ihren Mann verloren hatte. Gestern hatten sie miteinander telefoniert. Dorle flüchtete bis Neujahr in die Dominikanische Republik.

Marion starrte hinaus in den schmuddelgrauen Mittag. Es hatte aufgehört zu schneien, der Schnee blieb nicht liegen – das tat ihr leid wegen der Kinder. Aber war Weihnachten jemals perfekt gewesen? War es nicht vielmehr so, dass spätestens am ersten Feiertag die übers Jahr aufgestauten Aggressionen zwischen den beiden Familien aufbrachen? „Mamis Lieblingskind braucht wieder....", „das war schon früher so, dass du mit deinen Sonderwünschen...", „... natürlich sind eure Kinder immer besser!" Und so weiter, die immer gleichen Arien. Der übliche Konkurrenzreflex zwischen Geschwistern eben. Und sie durfte dann die Schlichterin spielen, damit man sich an Neujahr wieder ohne Groll in die Augen sehen konnte...

Ihr Blick glitt über den verstaubten Pepperonizopf, den ihr Sohn Jürgen aus dem Sommerurlaub mitgebracht hatte. Er wanderte weiter zu ihrem immerwährenden Kalender, den Franziska vor drei Jahren zu Weihnachten gebastelt hatte. „Die Kinder haben ein Recht auf Weihnachten", dachte sie. „Und wer, wenn nicht ich, bäckt mit ihnen Plätzchen? Versucht, ein wenig Weihnachtsstimmung zu zaubern?" Die Küchenuhr tickte zustimmend.

Die Küche war ihr Reich. Dort roch es seit Anfang Dezember nach frisch gebackenen Plätzchen, im Ofen wuchsen pausenlos leckere Sorten nach: Kokosmakronen mit Marzipan, Zimtsterne, Spritzgebäck, Lebkuchen mit Schokoglasur, Anisplätzchen… Im Kühlschrank ruhten zwei weitere Teigsorten für die Kinderbackaktion am Nachmittag.

Sturmläuten an der Tür! Marion wurde aus ihren Gedanken gerissen, strich sich schnell über die verstrubbelten Haare, bevor sie öffnete. Lilly und Daniel stürmten in den schmalen Flur und rissen sich die Schulranzen vom Rücken. Sie brachten kalte Luft und nasse Schuhe mit herein.

Mützen, Schals, Handschuhe und Anoraks – alles lag binnen Sekunden wild verstreut herum.
„Oma, was hast du uns gekocht? Wir haben einen Riesenhunger!"

„Na, ratet mal! Was wird's schon geben, wenn ihr zu mir kommt? Kartoffelsuppe und Wiener Würstchen, euer Lieblingsessen!" Ohrenbetäubendes Freudengeheul brandete auf. „Oma, du bist wie die Mama, nur mit Puderzucker!" Daniel drückte ihr einen Kuss auf die Wangen. „Apropos Puderzucker! Wenn ihr eure Hausaufgaben gemacht habt, dann dürft ihr beim Verzieren der Butterplätzchen helfen. Und hinterher backen wir noch unsere beiden Familienrezepte! Ich fange mit den Vanillekipferln schon mal an, okay?" Die Kinder nickten im Doppelpack, satt und zufrieden.

Am Abend drückte Marion erschöpft die Haustüre zu, es war ein langer Nachmittag gewesen. Jürgen hatte die Kinder gerade abgeholt, sie hatte ihm noch einen Teller Probierplätzchen mitgegeben. Er kam direkt aus dem Büro, grau und alt hatte er heute ausgesehen. „Danke dir, Mutti." Jürgen seufzte. „Ich freue mich schon, wenn ich mal Rentner bin. Dann werde ich nur noch nörgeln und abends einkaufen gehen!"
Marion hatte höllische Kreuzschmerzen, ein Warnsignal, das sie gut kannte, aber stur ignorierte. „Ich kann nicht mehr", war die Botschaft ihres Rückens, „lass mich ausruhen!" Sie bemühte sich dennoch um einen sonnigen Gesichtsausdruck: „Das ist ja ein tolles Fernziel! Jetzt ist erstmal Weihnachten. Und danach entspannst du dich, damit der ganze Jahresstress von dir abfällt. Siehst müde aus…"

Jürgen überspielte die letzte Bemerkung seiner Mutter. Stattdessen rollte er die Augen, aber das übersah Marion großzügig. „Wie immer bei dir zum Nachmittagskaffee am Heiligabend?", fragte er. „Gehen wir in den Kindergottesdienst zum Krippenspiel? Wir wollen doch Franziska als Heilige Muttergottes im Stall sehen!"

„Alles ist wie immer", antwortete Marion. Sie hasste sich für diesen Satz, denn sie hatte alles so satt. Seit Jahren schon wollte sie ihren Kindern ganz direkt und schonungslos sagen, dass ihr Weihnachten zum Hals heraushing. Wollte, hätte, könnte… Sie schaffte es einfach nicht. Nur noch drei Tage bis zum Fest! Es waren noch so viele Vorbereitungen zu treffen, Einkäufe zu erledigen, dies und das zu tun. Eigentlich konnte sie sich einen geruhsamen Feierabend heute gar nicht erlauben. Aber die mehlbestäubten Oberflächen, den klebrigen Küchenboden, die fettigen Fingerabdrücke auf den Hängeschränken einfach ignorieren? Sollte sie darauf warten, dass die Weihnachtswichtel nachts herein schneiten, um ihr die Putzerei abzunehmen? „Schluss für heute. Morgen ist auch noch ein Tag!" Sie kuschelte sich auf ihr Sofa, zog die Wolldecke über ihre Beine und war augenblicklich eingeschlafen.

Die Wucht der Stille ließ sie mitten in der Nacht hochschrecken. Sie setzte sich auf. In ihrem Kopf hallte das Kindergeplapper des Nachmittags nach. Die Samtkissen mit dem Spießerkniff auf dem monströsen Fernsehsessel glotzten sie verwaschen an.

Den Sessel hatte ihr Mann damals ausgesucht, auch die Biedermeiermöbel und die Vitrinenschränke, in denen noch immer seine gravierten Zinnteller aus dem Schützenverein standen.

Bing! An Stelle der üblichen Resignation ging Marion plötzlich ein Licht auf, nein, es war ein ganzer Kronleuchter! „Alles kommt, alles geht, alles wandelt sich", dachte sie. „Das Wort, die Zeit und die versäumten Gelegenheiten – das sind drei Dinge, die nie zurückkehren." Ding-Dong! „Aber die öden Routinen, die Erwartungen, die überlebten Muster, die kann ich ändern!" Sie wollte ihr Leben nicht erst am Ende bilanzieren. Jetzt war genau der richtige Zeitpunkt, um einen einzigen, exakt ausgeführten Paukenschlag zu wagen. Sie musste dringend einmal aus der Rolle fallen. Und sie wusste auch schon, wie.

Marion war bei glasklarem Verstand, als sie in aller Herrgottsfrühe drei SMS abschickte.

Die Erste ging an Dorle: *„Ich fliege mit. Wir treffen uns am Schalter. Alles weitere später!"*

Auch Barbara und Jürgen erhielten eine Nachricht: *„Frau Holle braucht Erholung. Weitere Informationen im Flur neben der Schale."*

Dann legte sie ihre Winterjacke über den Arm und griff nach ihrer Reisetasche. Höchste Zeit, den lähmenden Trott hinter sich zu lassen…

An Neujahr setzte Marion am frühen Nachmittag den Blinker links und steuerte zurück in ihre Garage. Es schüttete wie in einem Werbespot für Grippemittel, aber das war nach zehn Tagen Sonne und Meer nebensächlich. Als sie ausstieg, sahen die drei Kinder aus dem beschlagenen Küchenfenster. Sie winkten zaghaft und pressten unsicher ihre Lippen zusammen. Marion lächelte und warf ihnen eine Kusshand zu.

Na also, geht doch! Frischer Kaffeeduft umfing sie, als sie den hell erleuchteten Flur betrat. Die ganze Sippschaft saß kleinlaut um die geschmückte Kaffeetafel im Wohnzimmer. Im Hintergrund wartete der jungfräuliche Christbaum noch immer auf seinen Einsatz. Marion erspähte darunter vier, fünf festlich verpackte Geschenke. Sie deutete eine leichte Kopfbewegung in Richtung Tannenbaum an: „Wenn die Päckchen für mich sein sollten, dann hoffe ich wirklich sehr, dass ich nicht noch mehr nützliche Haushaltsgeräte bekomme, mit denen ich euch dann entlasten soll. So wie die Dampfbügelstation, den Akku-Fenstersauger oder die transportable Küchenmaschine!"
„Mutti, es tut uns leid!", stotterte Barbara. Der Rest des Kaffeekränzchens schwieg angespannt.

„Weihnachten und Silvester waren echt Kacke, mir haben nicht mal unsere Plätzchen geschmeckt!" begann Lilly. „Ich und Mama, wir haben sogar deine Küche geputzt, vier Stunden lang. Ich habe geweint und Mama hat geflucht."

Franziska machte einen auf Schönwetter. „Und wir haben für heute Abend schon ein Fondue vorbereitet. Du brauchst dich nur noch an den Tisch zu setzen. Der Papa hat gesagt...", klinkte sich Daniel ein. „Pscht!", machte Jürgen.

Marion setzte sich. Gut sah sie aus: Entspannt, erholt, gebräunt. Sie blies eine vorwitzige Haarsträhne aus ihrer Stirn und sagte: „Soso. Na, hier scheint ja einiges los gewesen zu sein. Weihnachten ohne mich ist anscheinend richtig spannend! Ich sollte öfter mal verreisen."

Beiläufig verkündete sie: „Nächstes Wochenende bin ich übrigens auf einem Seminar."
„Was ist ein Seminar?", wollte Lilly wissen.
„Auf einem Seminar lernt man Neues und Interessantes, so ähnlich wie in der Schule. Nur ohne Noten."
„Und was lernst du dort?", fragte Daniel.
„Mut zur Wut", antwortete Marion „Feuer soll man nämlich nicht in Papier einwickeln. Und jetzt hätte ich gerne eine schöne Tasse Kaffee!"

Dank

Ein dickes Dankeschön an meine Schreibcoachin Elvira Kolb-Precht, die mir mit Rat und Tat zur Seite gestanden hat. Auch dann, wenn ich in Ermangelung einer zündenden Schlusspointe die eine oder andere Protagonistin sterben lassen wollte. Damit die Geschichte endlich ein natürliches, schnelles Ende findet!
Sie freut sich über Schreibwütige und Anfragen unter www.die-schreibschule.de

Auch meiner Freundin und früheren Teamkollegin Uschi Scholz gilt mein herzlicher Dank: Sie hat das großartige Cover zu diesem Buch gestaltet. „Wenn man drei Bücher miteinander herausbringt, dann ist ist man miteinander verschweißt wie ein Ehepaar, das drei gemeinsame Kinder hat", das hat sie mit einem Augenzwinkern gesagt – und spontan ihre Unterstützung bei meinem neuen Buch angeboten.

„Treffen sich zufällig zwei Fränkinnen, sagt die eine zur anderen…" Ganz ähnlich habe ich Birgit Henrica Maria Steiner kennengelernt. Sie hat mir großzügig zwölf umwerfende Bilder zur Verfügung gestellt, die mein Buch aufs Schönste veredeln: Dafür bedanke ich mich vielmals! Sie freut sich über Feedbacks und Anfragen unter steiner-bhm@gmx.de

Ebenso danke ich Roswitha Perniok für das Endlektorat und ihre stets inspirierenden, wohlwollenden Impulse.

Vielen Dank auch meinen Interviewpartnerinnen, die zu Themen Input gegeben haben, die für mich entweder lange vorüber sind, oder bisher noch keine große Rolle gespielt haben sowie dem Pädagogischen Institut der Stadt München für die Impulse aus der wunderbaren Ausstellung „Anders schön".

Last, not least: Danke an Uli, dem Mann an meiner Seite, der sich geduldig viele Fassungen meiner Geschichten angehört hat, auch wenn er mit so einigen Frauenthemen recht wenig anfangen konnte! Ihm ist es zu verdanken, dass die Männer in meinen Geschichten meist mit einem blauen Auge davonkommen…

Bilder von Birgit Henrica Maria Steiner

Januar:
Die Cocktailstunde, 2001, Acryl | Leinwand, 60x60 cm

Februar:
Wechseltierchen, 2012, Aquarell | Papier, 24x32 cm

März:
Die Stadt, 2004, Acryl | Leinwand, 30x180 cm

April:
Schnecke, 1989, Aquarell | Papier, 32x 24 cm

Mai:
Crazy, 2012, Acryl | Pigmente | Leinwand, 150x50 cm

Juni:
Zerfreilahorn, 2012, Acryl | Leinwand, 30x120 cm

Juli:
Das Abendmahl, 1998, Acryl | Graphit | Papier, 32x80 cm

August:
Blaue Energie, 2004, Acryl | Gouache | Leinwand, 60x60 cm

September:
Eingriff, 2012, Acryl | Leinwand, 60x60 cm

Oktober:
Erdengesicht, 2000, Acryl | Kreide | Erde | Papier, 65x45 cm

November:
Roter Vulkan, 2006, Acryl | Leinwand, 170x110 cm

Dezember:
Die Familie, 2013, Acryl | Pigmente | Leinwand, 80x130 cm

Stephanie Palm

hat die turbulenten Abenteuer ihrer Protagonistinnen nicht selbst erlebt, aber ihre blühende Fantasie gleicht dieses Manko aus. Selbstverständlich kennt sie viele Frauenthemen und Seelenlagen aus eigener Erfahrung, denn eine Frau ist eine Frau ist eine Frau...

Die Liebe zu Sprache und Wort zogen sich von Anfang an wie ein roter Faden durch ihre berufliche Laufbahn Sie begann mit einer fremdsprachlichen Ausbildung und Tätigkeit in Exportabteilungen verschiedener Unternehmen. Ihre Begeisterung für Menschen und Sprache verbindet sie seit 2004 in Büchern, als Texterin von Webseiten und aussagestarken Persönlichkeitsprofilen.

Stephanie Palm beschäftigt sich intensiv mit den Zusammenhängen zwischen Psychophysiognomik, Persönlichkeit und Stil. Sie ist erfahrene Expertin für Auftreten, Aussehen und Outfit und mehrfache Sachbuchautorin.

In Einzelcoachings und als Seminarleiterin vermittelt sie das Know-how für eine gelungene Verbindung von innerer Haltung, äußerem Erscheinungsbild und Wirkung auf andere.

Nähere Informationen zu ihren Tätigkeitsfeldern und zu ihren Veröffentlichungen finden Sie auf ihren Webseiten. Sie freut sich über Feedbacks und Kontakt!

Stephanie Palm
Nederlinger Str. 50 a
80638 München

Tel.: 0049/(0)89/81 80 17 88

www.stephanie-palm.de
www.typisch-ich.com
info@stephanie-palm.de